CIEL MON MARI

ÉDITIONS LA PEUPLADE
415, rue Racine Est — suite 201
Chicoutimi (Québec)
Canada G7H 1S8
www.lapeuplade.com

DISTRIBUTION POUR LE CANADA
Diffusion Dimedia

DISTRIBUTION POUR L'EUROPE
Librairie du Québec à Paris (DNM)

DÉPÔTS LÉGAUX
Bibliothèque et Archives
nationales du Québec, 2013
Bibilothèque et Archives
Canada, 2013

ISBN 978-2-923530-54-3

•

La Peuplade remercie le Conseil
des Arts du Canada de l'aide
accordée à son programme
de publication, ainsi que la Société
de développement des entreprises
culturelles (SODEC).

CIEL MON MARI

Mylène Bouchard

LA PEUPLADE **FICTIONS**

Aux importantes Sophie

Le réel peut être encore plus riche et plus beau que l'imaginaire.

YVON RIVARD

AVANT-PROPOS

ÉCRIRE EST UNE DRÔLE DE CHOSE

Écrire est une drôle de chose

Parmi les choses.

Écrire est une drôle de chose.

Je ressens le besoin de le dire, de le penser, de l'écrire. J'aimerais répertorier tous les penseurs de ce monde qui ont eu, un jour, cette idée brève, qui se sont dit que l'écriture est une drôle de chose. À quel point si drôle.

Les écrivains sont essentiellement curieux lorsqu'un regard est posé sur eux. Écrivain parce qu'il écrit et que c'est cela qui est drôle. Cette chose drôle estomaque celui à qui l'on dit : « Oui, je fais ça dans la vie, j'écris. »

« Ton vrai travail, c'est quoi ? »

Mon vrai travail, c'est d'écrire. Mon travail véritable. C'est d'écrire si je le veux, quand je le veux, si je le décide et que cela est possible. Personne ne le fait à ma place.

L'écriture existe comme travail, comme gagne-pain, comme obligation. Ou non.

Existe-t-elle comme non-travail ? Un non-travail, à la manière de Duras dans *Les yeux verts*, en changeant d'idée comme on change de chemise :

Et écrire non plus, non, je ne crois pas que ce soit du travail. Je l'ai cru longtemps. Je ne le crois plus. Je crois que c'est un non-travail. C'est atteindre le non-travail. Le texte, l'équilibre du texte, c'est un espace en soi qu'il faut retrouver. Ici, je ne peux plus parler d'une économie, d'une forme, non, mais d'un rapport de forces. Je ne peux pas dire plus que ça. Il faut arriver à dominer ce qui survient tout à coup. Lutter contre une force qui s'engouffre et qu'on est obligé d'attraper sous peine qu'elle passe outre à soi et se perde. Sous peine d'anéantir sa cohérence désordonnée et irremplaçable. Non, travailler c'est faire ce vide pour laisser venir l'imprévisible, l'évidence. Abandonner, puis reprendre, revenir en arrière, être inconsolable autant d'avoir laissé que d'avoir abandonné. Déblayer de soi.

Étrange phénomène que l'écriture.

La réalité de l'écrivain n'est pas celle de nombreux travailleurs. Certains qui bâtissent, déconstruisent, soignent, alignent des chiffres et des formules, enseignent, corrigent, trient, transportent ou je ne sais trop, certains qui sont sur la route, tous ceux qui participent de façon matérielle à l'approvisionnement des lieux de services, là où les choses sont différentes et s'organisent, des choses peut-être moins étranges.

Là, le temps se partage de façon pratique.

Les lieux s'emplissent, se vident.

Le fourmillement humain, ainsi, est produit. Les échanges, les déplacements, les relations. C'est inévitable, tout se relie un jour ou l'autre.

L'écrivain qui écrit, celui dont l'écrit s'accomplit infatigablement, dans l'esprit et par la main de l'écriture, ne trouve pas forcément sa place dans un système pareil. Il vit un autre état. Un état phénoménal éprouvé par plusieurs types d'écrivains. On dénombre plusieurs personnes qui écrivent tout le temps.

L'écrivain est fort occupé. Son travail (ou non-travail), c'est de capter l'écrit qui se manifeste autour de lui. Sur les lieux où il se trouve ou qu'il porte en lui et traîne partout. L'écrivain détient ce rôle de cristalliser les vécus. Ce dans quoi l'on se reconnaîtra un jour ou l'autre, au moment opportun.

L'écrivain est appelé à la rigueur.

Comme s'il avait des vies à sauver.

Lors de l'écriture, il y a le temps et le lieu autour de soi. Puis, à l'intérieur, on s'imagine la vie dans sa plus simple expression. Derrière tout écrit, il y a un humain qui agit dans une vie tangible composée de temps et de lieux. Fabrique de réalités humaines et de fuseaux horaires.

C'est une chose risible de devoir poser un nouveau décor, autre que celui alentour. Étrange phénomène que l'écriture. L'écrivain serait peut-être celui dont l'écrit habite tous les lieux autour, dont l'écrit occupe tout le temps, bien qu'il dorme, mange, s'approvisionne et prenne soin de sa personne comme tout le monde.

Comme tout le monde.

C'est ça aussi. Quelqu'un dans la même vie que tout le monde. Ce qui le différencie, c'est qu'il a un livre à écrire devant lui. Les chapitres défilent dans leurs chars allégoriques. Ce n'est alors plus une drôle de chose qu'écrire. C'est réel. Cela a lieu. C'est sérieux. Le temps devient proportionnel au mot. L'écrivain a son rôle à jouer. Il le joue. C'est indiscutable.

Écrire n'est pas une drôle de chose.

Cela regroupe tous les sujets du monde, pas toujours comiques. Je propose une minute de silence pour tout le travail des écrivains, depuis toujours. L'écriture, c'est la mémoire collective. Demeure ce besoin de réel, cette nécessité que l'on écrive autour, tout. Et rien, s'il n'y a rien à noter.

Écrire a ce côté drôle qui fait que l'on peut se pencher sur des banalités. Écrire est drôle parce que l'on peut en rire aussi. Écrire est cette drôle de chose qui se promène dans la rue, nue ou costumée pour le carnaval. Écrire n'est plus drôle quand l'on traite de choses sérieuses. Écrire, c'est sérieux lorsqu'il est question d'humanité. C'est une drôle de chose que d'écrire sans réfléchir. Ce n'est plus sérieux lorsque les mots s'amusent sur une page. Tout est drôle à un moment ou à un autre, cela dépend des regards.

L'écriture est une chose.

Écrire est une chose parmi tant d'autres.

Parmi les autres choses drôles.

Parmi les choses.
Il ne tient qu'à l'écrivain de continuer son œuvre.
Quelque part, en temps et lieu.

CIEL MON MARI

Ciel mon mari

Elle laisse dans le deuil son mari.

La nuit du 7 au 8, un train routier la frappe de plein fouet. Jeanne succombe à d'écrasantes blessures dans les minutes suivant l'impact. On prétendra, après l'autopsie, qu'elle est morte sur le coup.

Tout le monde l'ignore mais Jeanne n'est pas morte sur le coup.

Elle aura vécu quelques minutes dans un corps entièrement anéanti, un visage ruiné, un cœur englouti. Des minutes courtes comme la vie qui passe trop vite, condensé d'immortalité, des minutes longues comme la vie qui s'éternise, au ralenti, une file d'attente.

Un instant où la vie et la mort se regardent au fin fond des yeux. Les yeux de la vie dans les yeux de la mort. Puis, plus rien.

Le ciel, peut-être.

•

Jeanne laisse dans le deuil Antoine.

Curieusement, Antoine avait mis du temps à constater l'absence de Jeanne. Il était comme cela, Antoine. Dans sa tête, absorbé par des questions de physique nucléaire, lui-même absent. Un homme invisible, se téléportant de la machine à café à son bureau de travail et de son bureau de travail à la machine à café.

Il se souvenait que Jeanne devait revenir le 8, mais à quelle heure ? Pas la moindre idée. L'avait-elle mentionné ?

Il avait eu, au cœur de la journée, une pensée fugace pour sa femme. Ce n'est que beaucoup plus tard, aux petites heures de la nuit du 8 au 9, ayant sauté le repas du soir, qu'Antoine avait réellement remarqué l'absence de Jeanne ou ce qu'il n'osait pas nommer sa disparition.

Maintenant immobile sur le trottoir, devant l'austère cabinet du notaire, Antoine respirait douloureusement, le souffle court. Les derniers jours avaient été chargés. Il avait très peu dormi. Dans la nuit du 8 au 9, il n'avait pu fermer l'œil, considérant tous les sons de la maison, surtout ceux de l'extérieur, cherchant à reconnaître le pas éthéré de Jeanne sur le perron, puis dans le vestibule. Il se l'était figurée s'avançant vers lui, encore vêtue de son ciré, comme elle le faisait toujours. Elle le saluait dans l'embrasure de la porte de son bureau : « Bonsoir, grand génie. Comment a été la journée ? » Elle retournait se dévêtir, remettait de l'ordre ici et là, au salon, à la cuisine, et, à la dernière station, enfilait des habits souples pour la soirée.

Le 9, après une mémorable cogitation, Antoine avait joint Maryse, une amie. Bien qu'il eût été l'un des plus grands savants de son époque, conseiller durant de nombreuses années pour l'Organisation des Nations Unies en matière nucléaire, Antoine s'avérait incapable de résoudre certaines questions relatives à l'ordinaire de l'existence. « Où est ma femme ? » tournait en boucle dans sa tête, comme une chanson dont on ne peut se débarrasser.

— Allô, Maryse. Jeanne n'est pas rentrée. Je fais quoi ?
— Depuis combien de temps ?
— Vingt-quatre heures peut-être...
— Elle n'a pas téléphoné pour te dire ses plans ?
— Non.
— On va appeler un agent.

La lecture du testament venait d'avoir lieu. Jeanne léguait tout ce qu'elle possédait à une organisation humanitaire.

Antoine réfléchissait sur le trottoir. Le creux de sa main contenait une clé. Elle était petite. Une petite clé énigmatique.

Puis, il avait roulé jusqu'à la maison. Il avait déposé la clé sur le comptoir, s'était versé un scotch. Un second. Il s'était endormi sur le canapé et avait aperçu en rêve le corps d'une femme à tête d'oiseau de proie survolant le continent.

•

Jeanne avait quitté ce monde dans la nuit du 7 au 8, dans un vulgaire accident de voiture.

On ne souhaite cette mort-là à personne.

Elle se trouvait sur la route alors que, théoriquement, elle ne devait pas y être, dans la noirceur sans lune, sous une pluie battante. Elle avait cru discerner une biche au bord du chemin, voulu l'éviter.

Dans la nuit du 7 au 8, qu'est-ce que fabriquait Jeanne sur la route ?

•

Jeanne laisse dans le doute Antoine.

Quelques nuits troubles et plusieurs scotchs plus tard, Antoine avait ouvert sa propre enquête. Jeanne lui confiait une clé. Oui, mais pourquoi ? Quels étaient les motifs de ce legs ? Quelle idée lui était passée par la tête ?

De fond en comble, il avait chaviré ses appartements. Il avait alors replongé son nez dans les odeurs de sa femme, reniflant veste et chemisette, aspergeant son parfum dans l'air, pleurant dans les draps du lit conjugal. Puis il avait pensé lorgner les sous-vêtements de Jeanne. Il lui semblait que les femmes dissimulaient certains mystères dans ce tiroir. Le tiroir des intimités. Mais Antoine se trompait. Jeanne n'incarnait pas ce genre de femmes.

Quelle femme avait été Jeanne ?

Comment résumer sa jeune vie ?

Dès leur rencontre, dans un congrès à Genève, Antoine n'avait pas saisi ce qui, chez lui, avait plu à Jeanne. Il était solitaire, cartésien, blessé par l'amour. Vingt ans les séparaient. Elle était accessible, élégante, inaltérée. Antoine ne détiendrait jamais de réponses plus riches que ce qu'il savait déjà. Il devait manifestement conclure qu'il ne connaissait pas bien la femme auprès de qui il avait vécu. Ils avaient fait ensemble un voyage silencieux.

Dans la bousculade, Antoine avait épluché son carnet de téléphone. C'est en discutant avec Maryse, encore, qu'il jugea peut-être avoir élucidé l'histoire de la clé énigmatique, écrite à même sa vie.

— Voilà ce que tu vas faire : va, de ce pas, à la banque. De là, tente d'avoir accès à un coffret de sûreté au nom de Jeanne Jasmin. Quelque chose me dit que Jeanne devait disposer d'un coffret de sûreté.

— Ah oui ! Il serait donc là, le tiroir des intimités.

La clé avait glissé dans la serrure et Antoine était sur le point de résoudre l'énigme.

•

Elle laisse dans le deuil un amant.

La clé avait glissé dans la serrure. Antoine avait attrapé plusieurs paquets de lettres, classées chronologiquement. C'est tout ce que le coffret dévoilait : du courrier. En examinant cela de plus près, on voyait bien que les lettres étaient demeurées cachetées et qu'elles étaient toutes adressées à un prénommé Hubert. Hubert, tout court. Aucun nom de famille. Visiblement, cette correspondance n'avait jamais été envoyée. Enfin, qu'est-ce que cela signifiait ?

Antoine s'était rendu chez lui, s'enfoncer, scotch à la main, dans un fauteuil et faire la lecture de ces missives inattendues. Nombreuses et pénibles apparaissaient les déclarations sous ses yeux. Depuis longtemps, Jeanne écrivait à Hubert. Il y avait exactement mille-cent-quarante-neuf lettres. Antoine était dégoûté.

Pourquoi cette nouvelle arrivait-elle maintenant ?

Jeanne lui avouait littéralement une forme indéfinie d'infidélité. Elle lui exposait au grand jour plusieurs années de cachotteries, passées à écrire des formules amoureuses destinées à un autre homme. Dans le paquet, sur un bout de papier, Antoine avait trouvé une inscription pour lui : « Pourrais-tu peut-être faire éditer cela tel un manuscrit ? Il y a là-dedans un roman épistolaire. » Antoine n'en dormait plus la nuit, fantôme de lui-même. « Quelle idée lui est passée par la tête ? » se répétait-il, insomniaque. « Où est ma femme ? » rejouait aussi.

Quant à Hubert Beauchemin, il ne savait absolument rien de cette curieuse histoire. La dernière fois qu'il avait vu Jeanne, son premier amour, c'était l'été de leurs treize ans. Il n'avait évidemment reçu aucune lettre d'elle.

Dans la nuit du 7 au 8, Jeanne conduisait lentement sa voiture sur une route noire, les essuie-glaces au plus fort, pour aller retrouver Fabrice. C'était la première fois.

Tout le monde l'ignore, mais en réalité, elle n'aura jamais trompé son mari.

AUTRES TROMPE-L'ŒIL

Je me suis fait moi-même.
Je me suis fait tel que je suis.
Je me suis modifié.
Je suis devenu autre.
Je suis devenu responsable
de ma vérité.
Je suis devenu responsable
de la vérité des autres.
Je suis devenu une vérité
parmi d'autres.
J'ai fait le monde à ma mesure.

PETER HANDKE

Le prénom de l'amant

L'entrée consciente dans la vie sexuelle est un phénomène vertigineux. Un jour, on est une fillette avec des barrettes de couleur dans les cheveux ; le lendemain, on refuse catégoriquement de porter une tuque et on passe l'heure du midi la bouche soudée à celle d'un garçon pubère qu'on ne connaît pas, au cœur de la cafétéria, sous les regards de l'école au grand complet. Dans nos jeunes vies, il y a des images réelles qui apparaissent comme par enchantement, du jour au lendemain, des schémas dans le cours de biologie, la photographie de l'organe mâle de copulation dans le dictionnaire. Des images qui mettent de la pression, qui peuplent les imaginaires troubles.

De la radio étudiante, Simone voyait tout ça se dérouler. Ça se déroulait, roulait dans les palais. Elle faisait jouer *Le baiser* d'Indochine, les Rita Mitsouko et The Cranberries. *Zombie, zombie, zombie.* Avec Jean-Louis, son meilleur ami, Simone observait les comportements juvéniles. Depuis leur isoloir, les deux comparses jubilaient en silence. Ils se payaient la tête de ceux et celles qui se donnaient en spectacle.

En silence, Simone redoutait le moment où elle serait l'actrice principale de ce rite amoureux.

Dans son cabinet confortable, Simone avait à la fois peur et hâte de *frencher* quelqu'un. C'était devenu un objectif à atteindre à court terme. Cela s'était formé en elle, à force d'analyser la physique de la fusion, de regarder tous ces petits corps solides qui se liquéfiaient, baveux, dégoulinants de ridicule. Il faudrait résolument jouer ce jeu absurde. Une première fois. Va savoir où et quand. Près de sa case ou des gymnases, sur les estrades, dans un coin noir ? Dans un party après s'être fait judicieusement oublier, dans une forêt, sur une plage ? Sous une tente ? Oui, ce serait chouette dans une tente. Avec qui ? Si elle essayait avec Jean-Louis ? S'il la décevait ? Si elle finissait par le fuir et que leur amitié en était compromise ?

L'angoisse, quoi.

Tout ça parce que d'autres imposaient la cadence, qu'ils obligeaient à suivre leur trace. Tout ça pour être dans le coup. Absolument.

Devant certaines personnes, Simone disait qu'elle l'avait fait. Qu'elle avait embrassé avec la langue.

Nuance : *avec la langue*.

Simone n'avait même encore embrassé personne, même pas du bout du bec.

Elle faisait comme si. Devant Nelly, par exemple, une fille que Marilou lui avait présentée durant l'été de ses quinze ans. Nelly l'impudique ne se gênait pas pour raconter tous ses exploits. Nelly « baisait » à droite et à gauche, à ce qu'elle disait. Elle utilisait précisément le mot « baiser ». Ça sonnait gras dans sa bouche. Comme des cheveux gras. Pour Simone, ces mots-là retentissaient jusque dans son bas-ventre. Les sensations étaient vives et Nelly épaississait ses récits. *Elle avait alors poussé son amant contre le mur; celui-ci l'avait saisie à califourchon; elle s'était introduite par la fenêtre de sa chambre à coucher chez ses parents qui avaient leur maison dans son quartier; celui-ci l'avait mangée.*

Mangée ?

À longueur de journée, Simone imaginait la scène du premier baiser qu'elle échangerait avec quelqu'un, de préférence avec cet exotique jeune homme dont les initiales étaient les deux dernières lettres de l'alphabet. Puis c'est arrivé. Pas avec Y.Z., mais c'est arrivé avec un inconnu, un garçon de passage, venu dans une fête. Un inconnu de Trois-Rivières. L'événement avait été agréable.

Il disait : « Allez ! Sors-la cette p'tite langue-là. »

•

Les *frenchkiss* se sont multipliés.

La peur et la hâte de *frencher* se sont transformées en peur et en hâte de faire l'amour. Simone avait mis trois ans avant d'enfin offrir ses lèvres, abandonnée. Elle pensait : « Faire l'amour, ça va arriver dans la semaine des quatre jeudis. Ça n'arrivera simplement jamais. Où ? Quand ? Avec qui ? »

Y.Z. n'était plus – presque plus – dans le décor. Simone en était éprise d'une manière indescriptible. C'est avec lui qu'elle imaginait tout. En quelque sorte, n'avoir qu'une seule possibilité la rassurait. Et, ce n'était pas comme s'il ne s'était rien passé entre eux, puisque après le baiser de l'inconnu trifluvien Simone avait entrepris quelques « guerres de baisers », comme elle les appelait. Parmi les nombreuses soirées d'approfondissement de ses techniques d'embrassade, elle en comptait une avec Y.Z. Pas la meilleure. Par contre, au niveau du sentiment amoureux, le gros lot lui revenait.

•

Simone est partie étudier hors de sa région et a loué un appartement avec des copines. C'est là qu'elle pourrait faire l'amour tranquillement. C'est là qu'elle oublierait Y.Z., qu'elle rencontrerait quelqu'un de bien à attirer jusque dans ses draps. C'est ce qu'elle s'imaginait.

Elle poursuivait deux objectifs : rejoindre les autres dans le partage de ses expériences réelles et rencontrer l'amour.

Autour, ses colocataires invitaient leur amoureux et, dans les heures creuses de la nuit – ou de l'après-midi –, on pouvait entendre le chaud chant de la fusion des corps.

Simone avait rencontré quelques partis qu'elle considérait.

D'abord Y.G. Elle s'était laissé tenter par la première lettre de son prénom. Comme un reste d'attache.

Plus tard P.-A. G.

Çà et là M.T., V.T., S.D., J.-F. B., W.K. (un Anglais de Liverpool), M.L.

P.-A. G. est devenu P.-A.

Avec P.-A., la possibilité de faire l'amour devenait de plus en plus concrète, dans la tête comme dans les gestes. L'événement aurait lieu. À son appartement, bientôt, avec lui. Simone avait de moins en moins peur et de plus en plus hâte que cela se produise. Ce ne serait pas dans la semaine des quatre jeudis. Ce serait un jeudi dans une semaine régulière.

P.-A. était parfait.

Or, au moment du grand abandon, il s'est passé quelque chose que Simone a longtemps eu du mal à s'expliquer, quelque chose qu'elle n'aurait jamais pu imaginer. Ce qu'on imagine n'a évidemment jamais lieu. Le réel surprend celui qui s'y attend le moins et crée des situations catastrophiques.

P.-A. et Simone intensifiaient leurs ébats amoureux. Ils étaient silencieux. Nul besoin de parler. Il y avait pourtant en Simone une voix qui lui suggérait de prononcer quelques paroles tendres à l'égard de son amant, comme au cinéma, comme les nombreuses fois où elle s'était figuré des scènes de sexe. *C'est à ce moment-là que je dirais « C'est bon » ou « Encore, mon amour ».*

Alors elle avait pensé simplement dire le prénom de son amant.

•

— Y.Z.

— Quoi ?

P.-A. s'était interrompu.

— As-tu dit Y.Z. ? J'ai bien entendu ?

— Je ne sais pas ce qui s'est passé. Je suis désolée. Probablement un lapsus, oui, un bête lapsus. Allez, continue...

Démonstrations de Madeleine

Dans la famille de Madeleine, l'amour n'est pas réparti également. On pourrait dire : « C'est une évidence, parce qu'ils sont onze enfants. Comment veux-tu partager un morceau en onze parts égales ? Onze. Un nombre impair. Un nombre premier. » Mais non, ce n'est pas évident, pas si évident qu'on pourrait le croire.

D'abord, l'amour, on ne le divise pas, on le multiplie.

Ce n'est pas évident dans la famille de Madeleine. Les onze enfants, c'est sa mère qui les a élevés toute seule, en faisant toujours son gros possible, en donnant le meilleur d'elle-même, du meilleur feuilleté, qui suinte, du meilleur bancal, du meilleur contestable. Onze enfants, avec en plus les cousins qui débarquent de temps en temps, c'est loin d'être évident. L'amour va alors aux *plusse* meilleurs. À ceux, à celles qui déplacent de l'air, qui parlent plus fort que les autres au beau milieu de la cuisine, qui compensent tous les silences, à ceux qui disent haut ce que les autres méditent bas, qui livrent sans vergogne des détails crus de leur intimité, à ceux, à celles qui expriment les plus fortes émotions, qui vont chercher l'attention de la maman qui en remet par-dessus, qui se projette dans ces enfants-là, qui voit la vie qu'elle n'a pas eue. Parce qu'elle n'a pas vécu. C'est une femme de maison avec des robes de maison à grosses fleurs. Ses immenses seins flottent dedans. Elle a élevé onze enfants et quelques cousins de passage.

Madeleine ne se rend plus dans sa famille pour fêter Noël. *Madeleine, c'est mon Noël. C'est mon Amérique à moi.* Le cirque des frères et sœurs qu'elle observait dans son coin la déconcertait au plus haut point. Madeleine regardait ça aller. Elle ne se sentait pas à la hauteur. Ils étaient là, en continuelle représentation. Ils exécutaient à tour de rôle leurs démonstrations. C'est comme ça qu'elle appelle ça, Madeleine.

« Des démonstrations ».

C'est ce qu'elle a trouvé et ça la tranquillise d'avoir un mot à mettre sur la situation.

En vérité, Madeleine est déroutée et c'est un non-sens. Voilà plusieurs années qu'elle s'est expatriée, qu'elle s'est éloignée de sa campagne natale. La distance – davantage que le recul – devient parfois nécessaire. Elle se compte en milliers de kilomètres et en océan à traverser.

•

Madeleine est connue à Bruxelles. Elle fait tourner les têtes chez Eugène, quand elle vient manger ses moules-frites. Elle a une certaine notoriété pour ses écrits polémiques dans les grands journaux européens. Elle collabore parfois, aussi, à des journaux américains, ce n'est pas rien. Elle gagne bien sa vie, Madeleine. Elle réussit sa vie. Elle a des idées, elle réfléchit, elle écrit des livres importants. Elle vit dangereusement, en semant la controverse. Elle dérange, elle fait jaser. Elle est magnifique. *Elle est tellement jolie. Elle est tellement tout ça. Elle est toute ma vie.*

Sa famille ne sait rien d'elle. Dans sa cuisine d'été du rang 1, sa vieille mère ignore tout de Madeleine. Sa mère ne sait pas que Madeleine sort toute nue des cabines d'essayage lorsqu'elle désire essayer un vêtement qu'elle aime dans une autre grandeur. Elle ne l'a jamais vue, dans l'allée toute nue, crier à la vendeuse qu'elle a plutôt besoin d'un 7. Sa mère ignore que Madeleine se déshabille complètement en première classe sur le vol Bruxelles/New York lorsque vient le moment d'enfiler son pyjama – on distribue, en effet, des pyjamas en première classe. Sa maman ne sait pas qu'elle va au théâtre nue comme un ver sous son manteau ni qu'elle montre discrètement ses cuisses au voisin de siège, puis sa poitrine au public du balcon. *Madeleine, elle aime tant ça.* Au sortir de la douche, elle laisse tomber sans gêne sa serviette devant le facteur qui demande une signature. La maman de Madeleine se trompe sur sa fille, sur toute la ligne. Moi, je l'amène en tram trente-trois. Je la traîne jusqu'au cinéma. Et je lui prodigue mes « je t'aime ». *Elle est trop bien pour moi.*

Dans les soirées à la maison, à Bruxelles, les soirées mondaines avec le gratin artistique bruxellois - écrivains omniscients, éditorialistes confirmés, acteurs expansifs, artistes éclatants -, lors des fêtes de Noël, Madeleine déplace de l'air, parle fort au beau milieu des invités, ingurgite de l'alcool en quantité, fume de longues cigarettes minces, s'adonne à des discours enflammés, je dirais amoureux. Quand elle se sent en voix, elle monte sur les chaises et chante Brel dont elle connaît les textes par cœur. Elle a connu Brel. Elle l'a côtoyé dans les cafés du plat pays. Sous les regards, elle le chante. Il faut la voir, comme elle est belle, *tellement jolie, tellement tout ça, toute ma vie*. Elle adore ça.

Elle disparaît lors des soirées. Je la cherche dans les soirées. Elle disparaît et revient dévêtue ou déguisée. Elle se donne en spectacle, sans inhibition. Mon Noël, mon horizon, mon espoir, mon Amérique.

Car j'attends Madeleine qui sollicite les regards sur elle, qui veut épater sa maman. Je me fais du mauvais sang pour elle.

J'attends Madeleine quand elle disparaît.

Je l'attends.

Je l'attends, là.

Dans la garde-robe et sous le lit

Un enfant, pleurer autant, je n'ai pas vu ça souvent. Il venait d'avoir six ans quand Bénédicte est partie pour de bon. Il faut dire qu'elle avait préparé son départ durant plusieurs mois sans n'en rien laisser paraître. Ce n'était pas de gaieté de cœur qu'elle avait négocié pour elle-même un changement de vie à cent-quatre-vingts degrés. Changement de cap dont tout le monde a été surpris. Tout le monde les trouvait beaux, Edgar et Bénédicte. Jugeait leur amour exemplaire, constructif – du moins construit sur des bases solides.

Qu'il intervienne dans la vie de l'enfant de six mois, de deux, de six ou de dix-huit ans, on ne peut pas prévoir l'impact d'un divorce sur son développement. Va savoir.

•

J'avais retrouvé Loan dans la garde-robe de la chambre à coucher *anciennement* de ses parents. « Viens voir *matante*, mon garçon », lui avais-je proposé. Sans se faire prier, Loan s'était réfugié dans mes bras ouverts et s'était mis à pleurer.

« Est où maman ? Est où maman ? »

Il était secoué de profonds sanglots, qui lui coupaient le souffle et le faisaient s'étouffer. C'était le chagrin du siècle, à prendre au sérieux, à consoler par tous les moyens.

Bénédicte était partie depuis une semaine et n'avait pas donné de nouvelles. Elle avait épinglé une lettre de douze pages – une page par année de vie commune – sur le babillard du vestibule, là où les mémos et les mots doux avaient été d'usage. La lettre était adressée *À Edgar, l'homme de la situation*. Elle y expliquait ses choix. *Ce n'est pas pour les raisons que tu crois que je pars comme une lettre à la poste* (page 2). Elle savait qu'aucun aspect de la séparation ne se surmonterait facilement. *La vie de couple m'use, me désenchante. Tu vas comprendre avec le temps. Il vaut parfois mieux quitter quelqu'un qu'on aime* (page 7). En rentrant à la maison, après avoir cueilli Loan à la maternelle, Edgar apercevrait la lettre et aurait envie, dans un premier réflexe, de la brûler. Or, Bénédicte connaissait Edgar comme si elle l'avait tricoté et pressentait qu'il lirait la lettre plusieurs fois, en pesant tous les mots, en ne sautant pas aux conclusions. Elle avait mis plusieurs semaines à l'écrire.

Loan pleurait dans mes bras et j'avais hâte de parler à ma sœur. J'attendais son coup de fil. Je voulais qu'elle partage avec moi ses plans, ses volontés, ses désirs, ses délires et ses angoisses. Ce bouleversement ne viendrait pas seul. Qu'y avait-il à la base, au fond, au bout de ce revirement ? Était-ce la possibilité d'une évolution ou la pire gaffe de sa vie ? Se posait-elle les mêmes questions que moi, qui berçais son enfant, laissé à lui-même sous le lit *maintenant* de son père ou dans la garde-robe où pendaient des robes que sa maman n'avait pas emportées ?

Signe qu'elle reviendrait ?

Pour l'instant, Loan vivait avec l'idée envahissante qu'il ne la reverrait plus, obsession qui le suivrait longtemps.

•

Lors de ses jeux dans la garde-robe et sous le lit, Loan était arrivé nez à nez avec des boîtes qu'il n'avait pas ouvertes et dont il n'avait parlé à personne. Il avait ses habitudes. Il venait là pour être tranquille, lisait des livres avec sa lampe frontale. Ses parents le cherchaient quelques minutes avant de se souvenir de ses cachettes.

Loan avait vu les boîtes, sans plus. À ces boîtes s'ajoutaient peu à peu des sacs qui apparaissaient de nulle part. C'était le plus bizarre. D'où sortait tout ça ? Ni son père ni sa mère n'y faisaient allusion. Il n'osait pas dévoiler l'existence des colis et des ballots, de crainte d'alerter les monstres ou de réveiller les morts.

Puis un jour, après ce qui avait semblé une éternité, tout avait disparu comme c'était apparu. La seule différence, c'est que plutôt qu'un morceau disparaisse de temps en temps, cela s'était fait en bloc.

Loan s'en souvient bien parce que c'est le même jour où son père lui a signalé le départ de sa mère.

•

Fin de la page 12 :

Il n'y a d'amant ni dans la garde-robe ni sous le lit, Edgar. Je te quitte, je t'aime. Personne ne m'espère ni ne m'attend. Que la solitude.

Je reviendrai chercher Loan. On s'arrangera.

Bénédicte

Jean-Pierre Ferland

Dans la classe de cinquième année de Mara, il y avait un Jean-Pierre Ferland. Elle ne connaissait pas grand-chose à la musique, parce qu'il en jouait rarement à la maison, mais Jean-Pierre Ferland, elle savait qui c'était parce qu'il donnait envie d'aimer la musique. On pourrait simplement dire aussi qu'il donnait envie d'aimer. Sans trop savoir ce qui s'était transformé chez elle, Mara était tombée amoureuse du Jean-Pierre Ferland dans sa classe qu'elle surnommait « La Musique ».

Elle l'abordait sur un ton faussement farouche : « Heille, La Musique ! »

Jean-Pierre Ferland était nouveau à l'école. (Était-ce la nouveauté qui avait attiré Mara ?)

La première fois qu'elle l'avait remarqué, c'est quand il avait été choisi dans son équipe de ballon chasseur, le dernier jour du mois d'août. On redoutait les lancers de Mara, une fille parmi les garçons. Ce jour-là, Jean-Pierre avait voulu impressionner *la* fille en faisant un grand écart parfait devant elle. Cela s'était passé sans préavis, le temps que Mara saisisse que le jeune homme athlétique qui la captivait n'était plus dans son champ de vision ordinaire, mais par terre en *split* confondante. Elle était restée bouche bée.

•

Ils s'étaient vite rapprochés durant l'automne, vu qu'ils répétaient ensemble, avec deux autres élèves, une pièce de théâtre. La distribution devait prévoir des rencontres en-dehors des heures d'école. Des heures de plaisir.

Pendant l'hiver, Mara et La Musique se retrouvaient à la patinoire presque tous les soirs de semaine. Jean-Pierre se vautrait sur la glace en fin hockeyeur. Il excellait dans tous les sports, comme une étoile filante. Mara se débrouillait également fort bien, seule présence féminine du groupe (on lui réservait une chambre des joueurs attitrée) qui disputait des parties contre les équipes des villages avoisinants.

Mara se souvient de cet hiver-là comme si c'était hier.

Elle se souvient à quel point elle avait, du jour au lendemain, perdu le goût de jouer au hockey, parce que Jean-Pierre Ferland avait cessé de s'entraîner et de prendre part aux compétitions. Ça paraissait d'abord dans le pointage final et, surtout, ça voulait dire que La Musique déménagerait avant la fin de l'année scolaire. Mara digérait mal la dépêche.

« Ah ! T'es pas au courant ? Les Ferland déménagent. Ma mère dit qu'ils ne s'installent jamais longtemps nulle part... »

Ça et une mise en échec, c'était semblable.

On mésestime le fait qu'un enfant puisse ressentir de l'amour sincère, puissant. De l'amour nature qui se passe des grandes déclarations. Oui, cela se peut et les adultes qui ont vécu des amours d'enfant s'évertuent à ranimer des sentiments aussi forts toute leur vie. Une belle famille de passionnés.

•

La dernière fois que Mara a vu Jean-Pierre, elle ne s'y attendait pas. Il était venu assister à un entraînement à la patinoire. Il avait envoyé la main à son amie, qui donnait son cent pour cent. Après la partie, les joueurs se changeaient et restaient à flâner. Jean-Pierre étirait la fin, silencieux. Entre Mara et La Musique, rien ne s'était passé. Des moments de grâce, oui, mais zéro bisou, zéro étreinte. De rares paroles. Aussitôt prononcées, aussitôt évanouies. Sinon des répliques de théâtre.

Avant de partir ce soir-là, Jean-Pierre Ferland a remis une enveloppe d'environ deux centimètres par quatre à Mara. L'art d'un miniaturiste, qui y avait caché une carte tout aussi menue sur laquelle étaient dessinés, au crayon de cire, un fond de couleur et un petit cœur en suspension. On ouvrait la carte et on lisait *Je t'aimais bien, Mara.*

Un cœur sculpté dans une gomme à effacer complétait le présent.

« Ah ! La Musique, mon amour de musique... »

Je n'irai pas à Pompéi

La fois j't'ai dit
Va pas à Pompéi

RICHARD DESJARDINS

Pour arriver à la *Beata Solitudo*, il faut sortir des sentiers battus. Il y a quelques semaines que je médite ici, dans les montagnes, au cœur de l'hiver italien, l'un des plus froids depuis cinquante ans. On parle dans les journaux de situation d'urgence. À la moindre chute de neige, je suis coincée au village. Ceux qui dépendent de l'autobus sont coincés, à moins de descendre les deux-mille-cinq-cents marches de l'escalier qui mène à la côte.

Magnifique cachot qu'est San Lazzaro.

Les autobus ne se rendent plus. Les voitures chaussent leurs chaînes et font un joyeux tapage. Neige. Grêle. Brouillard opaque. Tempête en montagnes. Les écoles sont fermées. Les hommes se rassemblent au café d'en face à des heures précises et parlementent sur le temps qu'il fait dehors, dans le patois napolitain.

Cet après-midi, le curé est sorti de l'église et s'est écrié en levant les bras au ciel : « Mamma mia ! » Il tombait des peaux de lièvre.

Quand on débarque à l'auberge, on remarque l'inscription gravée dans la pierre, à la tête de l'arche : *O Beata Solitudo, O Sola Beatitudo !*

•

J'ai immédiatement franchi l'arche et je suis allée inscrire mon nom dans le registre, chez Paolo, pour avoir accès à la pension du voyageur, simple lieu que l'on imagine aisément être chez soi. Il n'y a pas de touristes ici. Quand on réussit à dénicher un endroit comme celui-là, il faut tenter d'y rester.

Le voyageur s'imagine où il pourrait vivre. Pour cela, il a besoin de temps. Il épie les environs d'un pays, d'une région, d'un village, où il vient éprouver ce que les gens parcourent chaque jour. Être seul parmi d'autres solitudes. Aussi longtemps que la présence de l'étranger ne réveille pas d'hostilité. Parce que cela peut se produire. Les gens sont hospitaliers jusqu'au moment où ils commencent à s'interroger sur les raisons d'un séjour prolongé. Ici, c'est l'hiver. Il n'y a pas de travail. Comment puis-je avoir envie d'être ici, à San Lazzaro ?

Ce n'est pas facile d'aboutir à San Lazzaro. Il faut d'abord fuir Napoli, la cité crassouille. On longe plus loin la Méditerranée, le Vésuve et Pompéi. C'est de

Castellamare di Stabia que l'on grimpe les montagnes. C'est vertigineux. L'autobus s'enfonce, se vide peu à peu, après avoir tourné longuement dans les routes de montagne. San Lazzaro est le dernier arrêt, où j'ai été la seule à descendre. Pour l'étranger, c'est périlleux d'y arriver et c'est pour cette raison que tout ici semble exister pour nous rappeler qu'on est vivant.

De cela, je me nourris. Du vivant, sur la terre.

Je suis à l'auberge. Je vais au café. À la fruiterie. Et en face, chez la jeune dame qui vend du beurre et de la mozzarella fraîche, la vraie, fabriquée avec du lait de bufflonne. Elle pèse les victuailles, débranche la balance pour brancher la caisse enregistreuse. Je ne discute pas avec elle, mais j'aime la visiter. Je mange beaucoup de mozzarella avec le pain et le prosciutto de l'habitant.

Je me réconcilie avec le vivant. Le vivant de la seconde qui passe, le vivant de la place publique, sur le banc près de la cabine téléphonique, le vivant détaché des actualités internationales. Comme si tout, autour de San Lazzaro, avait été autorisé à cesser d'exister. Comme si le volcan avait enseveli les villages environnants. San Lazzaro comme un survivant.

On me dit que je dois absolument aller voir les vestiges de Pompéi. C'est un incontournable. Je veux contourner l'incontournable. Demain, j'emprunterai le sentier des Dieux jusqu'à Positano. Je fais ce que je veux. Je connais mes yeux. Je suis là, j'oublie l'importance de se souvenir.

•

Parce que les cargos crient sur la mer Tyrrhénienne ;

parce que les vieux jouent à la *scopa* au café d'en face ;

parce que le clocher de l'église résonne tous les quarts d'heure et que, chaque fois, je réalise que je suis vivante ;

parce que les *mammas* font les emplettes et marchent sous leur parapluie noir ;

parce que je contemple beaucoup de choses et que je vois loin de ces hauteurs ;

pour toutes ces raisons, je n'irai pas à Pompéi.

Les morts avec les morts.

Les vivants avec les vivants.

•

Depuis quelques jours, les gens ne me regardent plus de la même manière. Au café, l'accueil est moins chaleureux. Ça y est, je crois que les gens de San Lazzaro se demandent pourquoi je suis là. Ils m'envoient des signaux. Politesses pour m'inviter à partir au bon moment. C'est parfois le sort du voyageur. On lui rappelle à la fois qu'il est vivant et étranger aux montagnes qui ne l'ont pas vu naître.

On est tous l'étranger de quelqu'un.

Et je voyage dans cette retraite, dans une béate solitude. Retirée du monde. À des lieues des ruines et de la mort.

Je suis pleine. Je repartirai bientôt.

Étendre le sujet

Je suis née dans un taxi. Dans mon village natal, il y avait deux chauffeurs. On pouvait arriver premier avec Gustave. Il filait sur le pavé, beau temps, mauvais temps, à la vitesse du galop des chevaux sauvages. Ou bien, on arrivait trop tard avec Arthur. Le jour de ma naissance, ma mère avait téléphoné à Arthur. C'était ce numéro-là qu'elle connaissait par cœur.

J'avais la folie de naître. Je suis donc née à un feu rouge. Ma mère, en poussant et en gémissant, l'avait fait tourner au vert et m'avait accueillie sur le chemin. Depuis, de banquette en banquette, je chemine. Comme je peux.

•

« Je m'assoierai sur la banquette coussinée lorsque je serai amoureuse », avais-je répondu au garçon de café à la natte noire. Il m'avait indiqué les places libres, proposant la banquette coussinée devant la rue. Sur cette banquette, je me sentais assise *dans* la rue. C'était mon café de prédilection, la halte de chaque jour; j'y prenais un lait chaud aromatisé, mon biberon. Mais aujourd'hui, j'avais un gros cœur, un cœur rempli de la pluie du jour. Même pas le goût d'un berlingot. Je ne voulais surtout pas tremper la banquette en la traînant sur le trottoir, au travers des passants qui s'arrêtaient et reculaient pour épier l'intérieur du café. Moi, j'arrêtais et reculais pour épier le garçon de café car j'aimais bien être amoureuse. Tellement que par les temps qui courent, je couraillais. Je m'imaginais amoureuse de plusieurs. Le garçon de café ne me suffisait pas. Il bossait et je demeurais cliente.

Sur la rue, je me suis promenée en ce lundi pour tout saisir. Aux feux de circulation, j'étais amoureuse. J'avais un grand projet en tête : je souhaitais précisément que quelqu'un s'arrête pour s'asseoir, quelque part, n'importe où, au même moment que moi. Comme ça, je pourrais l'attendrir jusqu'à la banquette... J'avais une forte impression de voyage, le cœur en alpages. Je vivais la rue.

Le jeu présentait ses règles. Je ne voulais pas être la première à céder le pas. À chaque intersection, je talonnais le bonhomme illuminé, celui qui indiquait au piéton le moment de traverser. J'ai fait, ce jour-là, trois fois coin Rachel/Saint-Laurent, coin Marianne/Saint-Laurent. Trois fois. J'ai trois fois rencontré le même flâneur (je crois qu'il ne m'a pas vue) et cet excellent violoniste qui était beau à regarder (sensible aux musiciens dans la ville, dans les stations de métro, que je suis).

Il y avait bien eu cet homme à la valise argentée qui ressemblait à un porte-cigarettes. Fumait-il de gros cigares carbonisés ? Sa cravate lui volait devant les yeux. « Regardez où vous mettez les pieds », avais-je dit pour l'aborder. Il m'avait déjà semée. Il chaussait de trop grands souliers.

À la station de métro Mont-Royal, sur la place, je me suis approchée d'un poète, la semelle sur le frein. Il prenait place sous un réverbère allumé en plein jour, la lueur d'un espoir tamisé. « Vous aimez la poésie ? » m'avait-il interpellée. Un pas, deux élans, j'ai été désynchronisée et je me suis vite sauvée. Que faire de la poésie? avais-je alors pensé. Elle nécessite du temps et de l'attention. Je n'en avais pas à perdre, car mon projet en pâtirait. Mais j'y reviendrais.

Les pieds à vive allure, le trottoir comme des rails, mes sandales claquaient de la langue. J'étais amoureuse à la vue des gens qui allaient dans la rue, parcourant la vie. Je me racontais que tout se meut. Ou que ce tout peut, au mieux, se mouvoir. J'étais émue.

Plus loin, des amoureux, les mains nouées, avaient soulevé leurs bras pour que je m'infiltre entre eux, conversant de leur dernière nuit à dormir la fenêtre ouverte, les couvertures rabattues aux chevilles. Au coin de rue suivant, j'ai figé sur place. Il y avait deux amis se quittant : accolade serrée, tape tape dans l'dos. L'homme soufflait quelques paroles à l'oreille féminine, tout près de l'oreille. Immobile, je les aurais embrassés. J'imaginais… J'avais envie de retourner au café, pensée qui s'envola avec le pigeon qui avait réagi à mon arrivée.

Était apparu, dans une fumée bleue, l'homme aux mains dans les poches. Le pigeon avait volé juste devant lui, juste devant moi et j'appréhendais le même mouvement à l'approche du marcheur. Je sentais les odeurs. Avait-il un parfum ? J'aspirais l'air et je ne voyais que sa natte noire. L'homme décontracté, brassant son petit change, s'est alors arrêté. C'était ma chance. Les mains ancrées dans les poches, devant une vitrine de librairie, il ne bronchait pas. Il s'attardait aux nouveautés de l'automne. Je l'ai dépassé, j'étais dépassée. Même le pigeon s'était arrêté ! Foutaise ! Je devenais mauvaise. Je devenais mauve.

•

J'avais beau sillonner la ville, les gens ne paressaient pas souvent. Dans la rue, ils étaient absorbés par la lecture de la carte d'un restaurant, par l'atteinte d'un lieu précis, par la personne à leur bras. Les gens fonçaient droit devant. Et le garçon de café était débordé, éclaboussant de lait son tablier. J'avais un gros cœur. J'avais le désir de continuer ma promenade. Mais où la marche me conduirait-elle ? Je ne pouvais pas marcher indéfiniment. Je marcherais en ligne droite jusqu'à sortir de la ville, jusqu'à couper par les rangs.

Je ne voyais plus où j'allais. J'avais un souvenir de pluie. La soirée s'annonçait clémente, dans le couchant de juillet. Dans mon manège, je regardais les gens dans les yeux. Je semblais traversée par leur existence. Je gémissais légèrement aux feux rouges et ils tournaient au vert, me faisant renaître. Je marchais, à l'heure de pointe. Plus personne ne s'arrêtait maintenant, tous déterminés à retrouver l'atmosphère familiale. Je rentrais moi-même à la maison. Je ne regardais plus devant, j'épiais le vent.

Puis, je me suis butée à une banquette coussinée.

Spontanément, je me suis écriée : « Quoi ? Je suis devant le café ? »

J'étais alors sur le ventre, sur la banquette coussinée déplacée sur le trottoir, arrêtée sur les cuisses du garçon de café, en pause.

Je voulais m'y asseoir.

Je m'y suis étendue.

Ils n'aiment pas les arbres

Au cœur des feuilles
l'idée de l'arbre
qui va faire une forêt

GASTON MIRON

J'ai dû en venir à cette conclusion : ils n'aiment pas les arbres. Plusieurs n'aiment pas les arbres. Certains qui rasent comme d'autres qui plantent. Les amoureux du gazon, les sculpteurs de cèdres, les dirigeants de coupes à blanc n'aiment pas les arbres. Ceux pour qui c'est un embarras. Ceux qui ont peur que ça tombe sur leur maison. Ceux qui mettent les feuilles d'automne au bord du chemin dans des sacs orange. Ceux qui ne vivent aucune émotion devant un baobab n'aiment pas les arbres. Ceux qui ne différencient pas un bouleau d'un tremble. Un sapin d'une épinette. C'est la première leçon forestière à mémoriser : aiguilles plates et tronc lisse pour le sapin – c'est le roi, il est plus distingué –, aiguilles rondes et tronc râpeux pour l'épinette – on fait des deux par quatre avec. J'étais catégorique. Il y avait deux clans : ceux qui n'aiment pas les arbres et ceux qui aiment les arbres.

J'aime d'amour les arbres, dans toute leur splendeur. Je revenais de la Colombie-Britannique où j'avais répertorié une grande quantité d'espèces incomparables : sapin de Douglas, thuya géant de Californie, arbutus menziesii (*Pacific pandrone*), chêne de Garry (chêne blanc de l'Oregon), pruche de l'Ouest, pin ponderosa, épinette d'Engelmann. J'avais été, là-bas, comblée par la forêt.

Atterrie chez mes parents, sans un sou qui m'adore, des images luxuriantes en tête, j'ai postulé chez Outland Reforestation Inc. « Y'a du boulot en masse. Tu commences dans trois jours », m'avait-on annoncé. J'ai plié bagage, encore. C'était loin. Au Nord. J'aime la boréalie, aussi. Pour l'amour du Nord, pour l'amour des arbres, je m'engageais dans cette aventure, devant, sur la route à perte de vue. Des kilomètres de vieux goudron. Des bâtiments à l'abandon. Des ossatures de rouille. Un trou de balle dans une fenêtre. Far West nordique. Quelques jours d'adaptation suffiraient avant de trouver ma cadence.

•

J'étais concentrée sur la besogne du jour. Le soir, je ne me mêlais pas aux autres qui veillaient au feu et qui proféraient, en général, une enfilade de propos vides de sens, préférant garnir mon carnet d'esquisses de lignes d'horizon et de silhouettes sylvicoles. Je préférais le vide silencieux. Je dessinais et j'écrivais dans un coin de la cabane. Le silence faisait du sens. Le silence de la forêt mêlé au mien ainsi qu'aux cris de l'extérieur. La nuit n'était pas complètement tombée que je m'enfilais sous les couvertures, le travail reprenant à l'aube. Je m'assoupissais en écoutant mes compagnons. Certains de leurs propos m'amenaient à croire qu'ils n'aimaient pas les arbres.

J'étais sans doute moi-même détestable.

Je doutais des motifs qui les avaient entraînés jusqu'ici.

•

Il m'a fallu intégrer cette intuition-là quand j'ai voulu sensibiliser les planteurs à ce qui se passait sur l'île René-Levasseur. Je venais d'entendre la nouvelle à Radio Obejwan. Moi, la planteuse tout juste débarquée au camp pour la première fois, je revendiquais effrontément une mobilisation immédiate. Le bulletin d'informations avait suivi un refrain de Kashtin. Dans le camion, au kilomètre soixante-deux en montant sur le Clova, l'actualité m'avait rejointe : « Des manifestants sont en route vers la Côte-Nord. Ils veulent contrer une opération menée par la société Forester sur l'île René-Levasseur, écosystème exceptionnel au nord de Baie-

Comeau où l'on retrouve les plus vieux et plus grands arbres du Québec. Papier journal, papiers d'impression spéciaux, papiers couchés légers, papier pour annuaires, papiers à usages domestiques et industriels, carton doublure recyclé, contenants en carton ondulé, bois d'œuvre et autres produits du bois figurent dans la production du fabricant de pâtes et papiers. Forester occupe le premier rang sur le marché canadien des produits domestiques avec des marques réputées telles que Cashmere, Scotties, White Swan, Capri et Viva. La société Forester emploie plus de dix-mille personnes. » Il faudrait être dix-mille aussi, ai-je immédiatement pensé. « Si on traçait par le bois à partir du secteur Clova, on pourrait arriver à l'île presque directement », avais-je lancé aux autres qui demeuraient fidèles à eux-mêmes, froids à l'idée, imperturbables. Étais-je donc la seule perturbée ? Devais-je éviter ce sentimentalisme malvenu ? En dedans, j'étais agitée. Je cherchais des repères, des ripostes. Le conducteur a freiné tranquillement. « Regardez ça. C'est pas beau ça ? » a-t-il dit posément. Un faon talonnait sa maman au beau milieu de la route. La beauté survenait au bon moment. J'avais ma réponse.

Après une demi-heure de *panel*, je suis revenue sur terre sur un terrain plutôt impraticable. J'ai marché le temps de deux clopes et d'une boîte de jus. J'ai fixé ma caissette d'arbres sur mes hanches et puis j'ai commencé ma journée, concrètement. Plus j'avançais dans le sillon et moins j'arrivais à me convaincre que l'on abattrait bientôt des arbres centenaires pendant que j'enfonçais, un à un, de maigres conifères. Résonnait dans ma tête : « C'est pas tout d'planter. C'est pas tout d'planter. C'est pas tout d'planter. » À l'heure du lunch était venue l'idée de tracer avec ma machette dans la toundra. Ce rêve sauvage persistait, consistant, obstiné. Je regardais mes partenaires de forêt : Gédéon qui plante depuis dix-huit ans, Brigitte, celle qui veille sur les femmes du camp – « Les femmes sont rares icitte, i'faut pas les perdre » –, Éloi (décrocheur à quatorze ans), Nicolas (dents pourries), Gabriel (bel Ovila), Philippe (étudiant à la maîtrise en arts), Jasmin (jeune héritier, orphelin). Pourquoi étaient-ils là, à scruter l'horizon, engouffrant des sandwichs au jambon assis sur des souches ? Se trouvaient-ils là pour l'amour des arbres ? Comme moi, la plus naïve de tous ? J'ai empli mes poumons et j'ai crié mon projet : « Planteurs, planteuses, unissons-nous ! On part sur le pouce pour la Côte-Nord. Moi, en tout cas, j'm'en vais m'attacher à un arbre de l'île René-Levasseur. » C'était clair : il demeurait impossible de rester plantée là à planter quand on s'apprêtait à tout abattre impunément, pire, paisiblement, un concerto de Rachmaninov accompagnant le mouvement lent des abatteuses, des débusqueuses, des ébrancheuses, des tronçonneuses. C'était évident pour moi, mais ce ne l'était pas autant pour tout le monde. Gédéon (planterait-il pendant dix-huit autres années ?), Brigitte la plantureuse (la femme des hommes du bois), Nicolas (il n'y a pas que ses dents qui soient pourries), Gabriel (planter des arbres pour faire beau) et Philippe (l'effort au nom de l'art) travaillent comme des nègres dans des conditions abominables et se coupent, la plupart du temps, de leurs émotions. « Me ligoter à un arbre ? Jamais ! Faudrait me payer cher », avait-on répliqué. Des planteurs qui n'aiment pas les arbres, ça existe. C'est ce que je pouvais conclure. Seuls Éloi et Jasmin prendraient part à la caravane militante en ma compagnie.

Deux gars, une fille en autostop. Trente mètres de corde et l'idée de l'arbre épinglée à nos besaces – réelle idée fixe –, on a rejoint la horde de manifestants sur la 138, quelque part entre Tadoussac et Baie-Comeau. La route a été belle, endiablée. J'avais bien fait de me cramponner à mon plan. Il s'est produit ce dont je rêvais dans mes sillons : les opérateurs de la machinerie forestière sont arrivés devant des humains encordés aux arbres de l'île. On n'était pas dix-mille, mais on avait adopté un arbre, le nôtre, de l'âge et de la taille de notre choix, pour l'aimer totalement, des racines à la cime. J'étais bien, plaquée sur l'écorce, avec les orignaux et les caribous de passage.

Les hommes ont éteint les moteurs.

Il y a eu un silence saisissant.

Puis on a poussé des cris d'animaux et d'oiseaux durant plusieurs minutes. Le silence, à la fin, est revenu. Un silence plein. Le silence du cœur, des feuilles, de l'arbre. De la forêt.

Construire le magique

Aujourd'hui dans le pays, les vieux se font vieux et les enfants, plus rares qu'il y a trente, cinquante ans. Les tableaux démographiques l'annoncent. Une seule ligne écrit la suite : une flèche descendante. Plusieurs milieux ruraux se dévitalisent considérablement. Ils en sont défigurés.

Bientôt dans le pays, dans trente, cinquante ans – ce qu'on appelle *avoir de la vision* –, on pourrait assister à l'abandon de quartiers complets, comme à Tchernobyl en 1986, à la seule différence qu'une catastrophe nucléaire n'en serait pas la cause. C'est une autre forme de contamination qui frappe notre continent, pendant que de l'autre bord de la planète ils se marchent sur la tête dans des immeubles blancs de milliers d'habitants.

Macao : dix-sept-mille-huit-cents habitants au kilomètre carré ;

Singapour : six-mille-sept-cent-cinquante-et-un habitants au kilomètre carré ;

Bande de Gaza : trois-mille-huit-cent-vingt-trois habitants au kilomètre carré ;

Bangladesh : mille-quatre-vingts habitants au kilomètre carré ;

Canada : trois virgule trois.

Pendant qu'ailleurs les humains vivent les uns sur les autres, nous abandonnons ici nos maisons et nos terrains pour reconstruire d'autres maisons à partir de matériaux trompe-l'œil. Les villes s'étalent. Les quartiers incolores sont tristes à voir.

S'il continue à se construire des maisons, le pays comptera rapidement plus de lieux vidés que de foyers pleins de vie. Des camps désolés.

Sur les routes secondaires de son pays, l'architecte aperçoit toutes ces maisons qui veulent retourner à la terre. Les poutres sont tordues. La première marche du balcon a cédé sous le pas d'un randonneur. Les enfants du secteur ont cassé tout ce qu'il y avait à casser, fenêtres et ampoules. Puis ont aussi fumé leur première cigarette dans la cuisine d'été.

Il imagine l'histoire de la fermeture définitive des volets de cette maison de paysans. Peut-être n'avaient-ils pas pu avoir d'enfants ? Pas d'acheteur lorsqu'il fut temps de vendre ?

Les paysans n'avaient plus la force de la retaper. Ils sont partis s'installer dans un 3 ½ de la ville d'à côté.

•

Il construit des *happy houses.*

Il construit des *happy houses* partout où il passe. Car là où il se trouve, c'est pour échafauder une autre de ces nouvelles structures.

Il construit le magique.

Il reçoit des plans du Japon, du Danemark, de l'Angleterre, de l'Arabie Saoudite, des rouleaux de papier barbouillé de lignes, de tracés, de dessins, de courbes et d'arabesques. Pendant des mois, il dirige des chantiers où il monte des poutres et des charpentes, où il crayonne à droite, à gauche des esquisses, corrige les angles, ajoute deux, trois, quatre fenêtres de plus. Jusqu'à se dire, une fois la maison achevée : « Qu'entre ces murs résonnent les éclats de rire les plus sonores. »

Et il rentre chez lui. C'est là qu'il a le plus à *faire* – à construire.

Entre deux contrats, il offre ses conseils à qui veut les entendre. Construire le magique ne se résume pas pour lui à bâtir des châteaux aux quatre coins du monde, pour des gens effroyablement fortunés. Il injecte certes la magie à ces endroits-là, mais elle s'en voit dénaturée par la facilité d'exécution des chantiers.

On se souvient de la magie quand on ne croyait pas la trouver sur son chemin.

La plus belle magie est souvent celle qui coûte le moins cher. C'est pour cette raison que l'architecte n'aime pas trop mêler l'argent à ça. Il préfère parler de richesse et de pauvreté, car ces notions n'ont rien à voir avec l'argent. Il va chez les gens et questionne leurs choix. Pourquoi ce matériau-là ? Pourquoi échafauder si grand (l'architecte préconise les petites maisons) ? Si on y allait avec du rouge à la place du beige (*it's magic !*) ? Et si on ajoutait une fenêtre au sud ?

Sa véritable passion consiste à convaincre les propriétaires d'intégrer un élément (ou plus) magique – riche – au cœur de leur maisonnée. Il sent ainsi qu'il participe à l'enrichissement du bien commun.

Une société reste pauvre si elle ne choisit pas d'être riche et qu'elle ne reconnaît pas les vraies richesses.

•

C'est du vieux bois, c'est vieux.
Ç'a l'air pauvre, le vieux bois.
Ça fait pauvre, les arbres.
C'est mieux de couper tous les arbres autour.
Rasez-moi tous ces arbres-là !

•

Quand le jour viendra où il y aura toutes ces maisons inhabitées, plus qu'il n'en faut parce que les gens n'auront pas privilégié la magie, et que, de l'autre bord, on se marchera sur la tête dans des gratte-ciel de cent étages, l'architecte espère que le gouvernement fera venir ces peuples et leur offrira les toits. Ce sera gratuit. Les peuples s'empareront de leur nouveau chez-soi, celui qui leur plaira. Grande première mondiale. Historique. Le pays deviendra l'hôte de la plus grande migration multiculturelle de tous les temps.

Sera allégé l'autre bord de la planète et seront repeuplées nos rues de sable silencieuses. Pousseront des *happy houses* au pays, tout simplement pleines à nouveau de vie. Vieilles bicoques ou non.

•

En entrant dans le *happy house*, on découvrira peut-être :

pas de grenier ;

pas de sous-sol ;

un vitrail fait à partir des grandes lignes de l'environnement ;

un mur de pierres locales ;

un arbre planté à l'intérieur d'une pièce de saison ou de la cour intérieure ;

une fenestration abondante ;

différentes ambiances ;

une volumétrie ingénieuse ;

de la proximité ;

des masses ;

de l'énergie naturelle ;

un jardin sur le toit ;

un lac devant ;

une forêt autour ;

un ruisseau qui coule;
zéro gazon;
une douche dehors;
un salon de thé;
des murs-bibliothèques qui suent leur savoir;
toutes ces jolies couleurs;
un jardin en étages;
des essences d'arbres;
des fleurs sauvages;
des formes, de multiples formes;
un atelier au fond de la cour.

Maison écologique. Chaude. L'envie de l'emplir de musique. La magie tout autour.

La magie, la magie, la magie.

Le vieux bois.
Les arbres.
Le vent.
Les enfants.
Les roches.
Les couleurs.
Le châssis.
Le bol de thé.
La luminosité.
La voûte.
La jungle.
Un pissenlit.
La clarinette.

L'eau potable.

C'est une richesse, la magie. Si on le veut, si on la choisit.

Scène de balcon

Le point blanc est disparu. Il était là tout à l'heure. C'est le repère que j'ai défini et je dévisage la mer. Je veux bien aller la voir, mais encore faut-il connaître les motifs de la visite. C'est ainsi que je suis là-haut et que, du balcon, je fixe le point le plus lointain. Le point blanc, celui qui vient de disparaître, pendant que j'avais le dos tourné. Ce revirement de situation fait naître une question : doit-on acquérir l'objet du désir (dans ce cas-ci, se tremper les orteils quelque part) ou simplement l'observer en le désirant (aujourd'hui, demain et tous les autres jours) ?

C'est marée montante. Une attraction certaine oriente la réflexion. Consommer la mer, n'en faire qu'une bouchée, ou garder mes distances, rester prudente ? Les points de repère apparaissent et disparaissent. Je rêve d'un cargo sur le fleuve. Je rêve de l'autre rive. L'autre rive que je regarde attise immédiatement le désir d'être de l'autre côté. Ici et là-bas et partout ailleurs et sur elle, la mer.

Du balcon, le point blanc est réapparu. Tout le bleu, immense, s'y concentre. Je descends. Je vais aller voir de plus près.

Au beau milieu

Vivre dans une petite localité n'est pas toujours de tout repos, je le sais. Qu'on la nomme village, hameau, trou, bled perdu ou municipalité, ce n'est qu'en l'habitant durant quelques années que l'on peut véritablement, par la suite, qualifier l'expérience. Je suis vieille. Je suis née ici, je vais mourir ici, avec mes vues, ma part d'archives.

J'ai vu arriver le jeune couple du 712 et leur bataclan. Ils avaient fait le pari de s'établir dans une localité rurale et d'y fonder une famille. La femme avait préalablement trouvé du boulot. Quant à lui, il sait que la recherche de travail prendra plus de temps. Le jeune couple moderne habite au beau milieu de la route de l'Église. La rue prend la forme d'un croissant ceinturant l'église et leur maison est située dans le creux du bol, au 712 route de l'Église très exactement. Il est très facile de ne pas remarquer leur localité car, en fait, on doit quitter la route 132 pour y accéder, ce qui permet aux enfants de rouler à bicyclette sur la ligne jaune. La circulation y est lente et rare. Dans la côte avant l'entrée du village, il y a la vue des terres jusqu'au fleuve.

•

Bastien marche jusqu'au dépanneur, c'est son heure. Il va boire sa première canette de liqueur de la journée. Il y a quelques années, il a eu un grave accident. Il a happé un motoneigiste, qui a été tué par l'impact. Il aimait tout ce qui avait un moteur et conduisait en écervelé. Maintenant, il ne peut plus toucher à ça. Sorti d'un coma, il a ensuite réappris à parler, à marcher, à tenir une fourchette. Il garde des séquelles de l'accident, comme un léger boitement. Il trotte dans le village tous les jours et commence à parler tout seul. À cause de la solitude ? Ça fait ça, la solitude. Ça pénètre l'humain, à force d'isolement, la solitude dérange les esprits. À cet âge, faisant la navette entre deux canettes de liqueur, entre le dépanneur et le café *Au beau milieu*, Bastien discute avec lui-même.

Au dépanneur, c'est plutôt moche. Les propriétaires font la loi avec leur monopole. Leur commerce rassemble tous les services sous un même toit : c'est le retour au magasin général. L'homme parle fort et fait de la petite politique, la femme est détestable, du style mal baisée. L'homme du couple moderne arrive souvent avec des colis et elle ne lui sourit pas ; elle le voit surgir avec ses paquets, les bouscule, se trompe de prix. Ils m'ont dit qu'ils déposeraient une plainte à Postes Canada parce qu'ils sont insatisfaits de ce comptoir postal dans leur localité. Avant, il y avait un bureau de poste. Les gens l'ont laissé fermer dans une grande vague de fermeture de services, comme si ce n'était pas important. On s'en rend compte qu'après. Cela devient réel une fois le service fermé, c'est fini, il ne reste plus rien. Et si on veut revenir en arrière, c'est impossible. Il faut aller de l'avant et en avant, tout est à reconstruire, reconstruire ce que l'on possédait pourtant.

Située sur une butte, avec une vue imprenable sur le fleuve et sur l'Île-aux-Lièvres, l'église est le point le plus élevé du village tel que les pionniers avaient coutume de le penser. La messe du dimanche se voit encore très populaire. Au milieu des années soixante-dix, l'église a passé au feu. Sur la butte trône donc un triangle scalène d'une architecture discutable. Le presbytère adjacent est inhabité puisque le curé fait la navette entre plusieurs paroisses. Par contre, on a bien pris soin de rénover la bâtisse au goût du jour. Tout de bois et patrimonial qu'il était, il revêt maintenant son manteau de plastique, pour répondre à l'école primaire, autrefois de briques rouges. Valse des matériaux. Quelle est cette mode ?

Au 704, voisins de l'école, un couple de jeunes vieux. Renaud, toujours habillé propre, le tour des oreilles dégagé, vient de border sa cour avec une clôture peu subtile en métal blanc. Il est décevant. On se demande aujourd'hui où sont les jeunes des régions et ce qu'ils font ? Ils posent des clôtures. En face, au 705, des nouveaux arrivants. Ils sont excentriques. Bien qu'ils leur soient sympathiques, les villageois gardent leurs distances. Ce sont des étrangers. Au 706, la dame part au Mexique tout l'hiver et participe à l'artisanat local mexicain. Elle est douée des doigts.

À côté, c'était « Chez Vital ». Ce dépanneur-là n'aurait jamais dû fermer ses portes. « Chez Vital », c'était parfait comme lieu. Les enfants y allaient et venaient pour acheter des bonbons et chercher des deux litres de lait. Les adultes descendaient des petites bières dans l'arrière-boutique. Vital, être silencieux, ne pressait jamais le pas. Rien ne l'affolait. À cette époque, il y avait très peu de stress dans les commerces. Les gens passaient tour à tour et discutaient au comptoir. C'était le dépanneur parfait. Vieux planchers, boîtes de conserve empoussiérées, boucherie, cubes de bœuf transformé en steak haché devant le client avec le traditionnel hache-viande mécanique, fromage frais à la livre dans du papier ciré, petits cadeaux pour les anniversaires, boucles d'oreilles à trois dollars, babouches, bottes à l'eau et cave humide. Sa femme a souvent menacé Vital de faire sa valise. Elle est toujours là. Elle n'a pas eu d'enfant. Elle s'assoit sur son balcon et jase avec la voisine d'en face, au 710. Des années et des années que ça se passe comme ça. Puis à quatre heures et demie, elles vont éplucher leurs patates. Ces deux-là, avec leur amie Marinette, les étrangers du 705 les surnomment « La Gazette », une valeur sûre. Quand on a besoin qu'une histoire fasse rapidement le tour du village, il suffit de s'adresser à l'une des trois gazettes.

•

Au 712 – route de l'Église très exactement – vit le jeune couple moderne, dans *la maison du Maire*, car celui qui la leur a vendue est le présent maire et que celui-ci l'avait également achetée d'un ancien maire. Ils ont quitté la ville pour une localité rurale, le cœur plein d'espoir, des idées, des discours. À les croire, il fallait occuper le territoire, créer physiquement ce mouvement d'occupation du territoire, en tant que jeunes.

La vie du couple est simple. Des amis font la route pour les visiter et l'ambiance est bonne, la maison s'anime, vivante. Lumière orangée, soupers arrosés. Il y a de la vie ici, dedans. De l'extérieur, on aperçoit des tableaux sur les murs en constante rotation. Ils détiennent une collection. On s'imagine ailleurs, en ville, en Europe. On mange tard. On mange lentement. On prend l'apéro. Quoi de plus normal ? Pourtant, on dirait que tout le monde dans ce milieu se regarde comme des extraterrestres. Les locaux regardent les nouveaux arrivants comme des *étranges* ; les *étranges* regardent les locaux comme des duplessistes. La lecture des regards en dit long.

Le couple moderne n'aime pas ce qu'il lit dans les yeux des autres. Le spectacle quotidien que leur offre la route de l'Église les déçoit. Il y a quelque chose qui les rappelle constamment à la mort. Le couple mettait beaucoup d'espoir sur ce choix de vie. Il avait hâte de vivre un été au cœur du village. Mais l'été, ça ne bouge guère plus que l'hiver.

•

Un peu plus loin au 720 – après le parc d'amusement – deux amies n'habitent pas leur maison à plein temps. Elles passent leur temps chez leurs amoureux du moment. Jocelyne ne salue pas le jeune homme moderne qui lui envoie la main naturellement. Et Claire, qui a un look de nonne, croit probablement que son lieu est vivant parce qu'elle taille son gazon, désherbe, arrose ses murs au boyau tous les trois jours, dans un marathon déconcertant, pour que rien ne dépasse, mais elle se trompe. Leur maison est morte, belle et morte. Morte de belle façon. Les deux amies ne sont pas bavardes, foncent droit devant, remballent tout, ferment les lumières, reprennent la route. Effectivement, pas un poil ne dépasse.

En face, de biais, au 723, madame Bouchard sort vers sept heures du matin pour balayer la rue et on ne la revoit plus de toute la journée. Une sorcière passe le balai dans la rue. C'est une femme qui mord, il ne faut pas l'approcher. Les enfants en ont peur, ils crient au fantôme en l'apercevant. Elle a transmis son caractère à Julie, sa fille ermite. Profondément mortifiée. C'est un cas. Elle est enracinée dans un petit logement, à quelques portes de là. Maintenant quinze ans que sa vie se résume à se la ruiner. Elle n'a pas d'amis, n'entretient aucune relation sociale et semble en piteux état dans sa tête. Comment peut-on, à trente ans, dans l'ultime jeunesse, croire que cette vie est la vie ? Ses stores demeurent constamment fermés. L'homme et la femme du couple auraient aimé regarder, en se collant le nez à la fenêtre. Par curiosité. Ils observent le spectacle de la rue. Ils guettent les représentations dans les maisons de la route de l'Église, le soir, le jour, le soir quand ils marchent parce qu'ils ne regardent pas la télé. Ils affrontent le spectacle et s'en désolent.

Au 731, monsieur et madame Lapointe n'habitent pas non plus leur maison. Ils vivent au bord d'un lac dans les terres. Monsieur et madame Lapointe ne se résignent pas à vendre. La maison est intéressante. Ils la font visiter à l'occasion, même s'il n'y a pas de panneau. Quand le couple a visité leur maison, avant d'opter pour *la maison du Maire*, il jouait très fort une musique pieuse et madame Lapointe leur parlait de ses objets religieux éparpillés un peu partout, de ses souvenirs, de tout sauf de la maison à laisser aller pour pas cher. Perdue, l'âge semble l'affecter sournoisement. Anciennement, il y avait une station-service sur leur terrain. Dans le village, la rumeur circule qu'il est contaminé. La vie végétale ne reprend pas très vite, c'est vrai. Victor

Claveau, le garagiste de l'époque, faisait brûler des tas de pneus derrière le garage et jetait tout dans l'aqueduc : huiles usées, fond de peinture, gaz pour laver les pinceaux. Monsieur Lapointe refuse de faire analyser le terrain. Il rage quand l'hypothèse de la contamination est soulevée.

Dans le tournant, au 740, Léon se trouve bien dans cette localité parce qu'il n'y croise pas d'*importés* et dit que l'hiver arrive vite en plein mois de juin. Il dit que lorsqu'on grille les premières bûches en septembre, on est cuit. Au 745, Gertrude a maintenant besoin d'une marchette pour se déplacer. Le bedeau, son compagnon, baptisé « Pervers Pépère » par le couple du 712, cueille les *pépinas* à l'église. Il en fait de la bonne gelée. Au 749, Paul Durand dort dans son fauteuil, à côté d'un immense aquarium, devant son cinéma maison. La route de l'Église se referme avec Yvan, au 750. Yvan est l'être le plus énergivore rencontré jusqu'à présent. Qui dit énergivore dit aussi bruyant. Quand il est là, il *bizoune*, *bazoute*, à longueur de journée sur cinquante-six-mille machines, met du gaz là-dedans, sa souffleuse, son tracteur à pelouse, laisse virer sa jeep dans le vide. On a fait le tour de la question.

•

On a fait le tour de l'église, de la route de l'Église. Tout ce décor est entouré de quelques rues derrière, de champs, de labours, de fumier. Tout le village a l'impression de vivre sur une ferme parfois, à la fin de l'été.

Les enfants se dirigent vers l'école. Les enfants font toute la vie du village, ils en forment le cœur. Quand il y a un congé, on le sait tout de suite. Congé pédagogique.

Pervers Pépère marche vers l'église avec Léon.

Renaud a décidé d'ajouter un cadenas sur sa clôture ce matin.

Vital s'est levé de sa chaise d'un bond ; une guêpe tournait autour de lui et il a une peur bleue des guêpes.

Qu'est-ce que fabrique Julie de ses trente ans ? Pourquoi sa mère la sorcière ferme-t-elle les yeux sur son enfant ?

Bastien revient du café, terminant sa canette de liqueur. Il fera du pouce jusqu'en ville pour aller prendre une bière en soirée. Je ne sais pas où il passera la nuit mais il se soûlera solidement.

La femme du couple propriétaire du dépanneur rigole. Elle s'est maquillée au lever. La nuit a été chaude, vigoureux ébats sexuels. Elle pèse le colis du jeune homme étrange, sourit largement. Un service impeccable ce matin.

Malgré cela, le couple moderne va quand même quitter l'endroit.

L'homme repart du dépanneur avec des boîtes de carton.

Ils ont vendu *la maison du Maire*.

La fin du spectacle est imminente.

Ils ne sont pas faits pour cette vie sur le croissant de la route de l'Église.

Sans tenir leur guidon, se narguant, les enfants roulent à bicyclette au beau milieu de la rue.

Médium saignant

J'ai rarement pu étouffer mon indignation. C'en est fini de Marie la gouvernante qui se fait rayer de la carte au moindre caprice.

Avant l'arrivée des invités, madame Renard m'a avisée qu'elle sonnerait la cloche quand elle aurait besoin. D'accord, oui. Je veux bien respecter cela. Je travaille. Elle m'engage, coordonne, règlemente. Elle m'interdit de flâner avec les oncles et les cousins. Jusque-là, j'acceptais.

Allez savoir pourquoi mais je n'ai pas supporté qu'on m'appelle pour m'offrir un reste de caviar. « J'ai exagéré dans les quantités. Viens goûter, Marie », m'a interpellée madame Renard, se préoccupant que chaque regard se pose sur elle et sa tenue dorée.

Choc social. Choc humain instantané.

Je ne leur ai pas envoyé dire ! J'ai gueulé, au plus fort de la réception, près de la table des gueuletons : « C'est pas des manières, ça ! Messieurs-dames, ne m'excusez surtout pas d'être moi-même. On s'est tout dit. J'vais aller prendre une bière, moé. Bonsoir... » Puis, je suis partie, laissant ces inconnus sur une question :

« Croyez-vous tous réellement que la vie se concentre essentiellement dans vos capots de fourrure et vos décapotables ? » Quelques faces étirées ont accueilli ma rude prestation. Je me suis débarrassée du tablier et de la coiffure de dentelle, imposés par la maison. J'ai retenu un crachat qui bouillonnait d'envie d'aller glisser sur un parquet ciré.

Madame Renard, horrifiée par la scène, m'a suivie jusqu'au vestibule de sa demeure : « Marie, attends ! Il est bientôt minuit. Reste pour fêter... Je te paierai temps double. » Effrontée au-delà de tout. Elle tentait jusqu'au bout de garder bonne figure, masque à deux faces choisi pour cette mascarade. Dans son visage, j'ai postillonné : « Ce n'est pas assez pour vous ? Dans mon esprit, votre bêtise reste difficile à récupérer. Vous voulez savoir ce que j'en ferais de votre caviar ? C'est mieux que je le taise... Vous me puez au nez, Paulette Renard. Amusez-vous toute seule avec vos pique-assiettes. » J'ai claqué la porte. Madame Renard m'a regardée déserter sa soirée, un œil discret à travers le rideau de la porte d'entrée. J'ai mis ma tuque et j'ai filé droit devant, n'ayant nulle part d'autre où aller. J'ai marché longtemps et j'ai ressenti une lueur de doute quant à ma façon d'agir au beau milieu des invités. Je me repassais les événements.

Je vis mes certitudes. Je sais que je ne suis pas née pour lever le nez sur les gens, les envier, les dire chanceux de posséder plus ou mieux. Je peux comprendre qu'un endroit soit petit ou grand. J'ai peine à saisir qu'il existe de grands et de petits invités, les petits qui ont droit aux restes de caviar parce que les grands en laissent. « J'vais te l'cracher dans face ton caviar! » ai-je voulu asperger madame Renard, l'explosion d'une mine antipersonnel dans mes souliers. Cette fois-ci, je me suis retenue.

Fallait en finir ! Ne pas avaler tout rond, revendiquer.

Revendiquer : amoindrir le drame et amplifier le débat.

Si je m'étais tue ce soir, j'aurais participé à l'humiliation collective qui n'a jamais fini de sévir. Répondre seulement « Non merci, je n'ai pas faim » et regagner la cuisine ? J'ai préféré bondir comme le chat sur l'oiseau.

Je ne suis pas une pute de luxe.

Il me fallait quitter ce quartier de cabanes en bois d'ébène. Nouvel An ou pas, aussi bien me retrouver à la rue. Au trottoir, rue Ontario, minuit passé.

En regardant par les fenêtres, j'ai assisté au traditionnel décompte des dix dernières secondes de l'année. On remettait les pendules à zéro. J'avais envie d'une chope de bière. Prendre une chope de bière en revenant d'la shop! J'avais soif au cœur. C'était sec à l'intérieur, un goût d'œufs de poissons avortés au bord de la gorge. Devant un magasin d'aspirateurs, j'ai tout balayé. J'ai dégueulé mes gueuletons et quelques aspirations. Une mousse de saumon.

Je n'avais pas vu la pute qui s'était attendrie devant mon malaise. Elle est venue me frotter le dos pour faire passer le plus gros. Ça allait déjà mieux. J'ai relevé la tête, me suis essuyé la bouche avec de la neige. J'ai dit : « D'la bière astheure ! Viens-t-en, j'te paie pour la nuit' pis tu m'accompagnes... »

Nous avons procédé aux présentations. Moi, c'est Marie. Elle, Fox. « Ah ben ! Ça, ça m'étonne. Fox, c'est ton vrai nom ? C'est madame Renard qui s'rait contente de t'connaître ! Comme quoi on s'prostitue tous à un moment donné », ai-je blagué, familière. Je reprenais des couleurs, mon haut-le-cœur évacué.

Nous nous sommes rendues à la taverne ensemble, boire un coup, trinquer des pots à la nôtre, à la vie, à l'année, au rêve. Il régnait là un zoo agréable : de vieux hommes dormant sur leur chaise carrée, des punks défoncés, des travestis montés haut sur leurs talons. Fox et moi enfilions nos chopes en nous émoustillant dans nos pensées. Je m'intéressais à tout, à tous ; j'apprenais des camionneurs, des mendiants, des petits, des grands. Nos réflexions philosophiques m'avaient fait exprimer : « Le caviar, c'est dégueulasse. Ça goûte l'inégalité. » Réalité toute crue sur de maigres biscottes.

La rencontre de Fox me ramenait à moi. Elle m'avait posé une question fondamentale : « C'est quoi ton rêve ? »

« Mon rêve ? Je l'ai vendu. C'est pour ça que j'me fendais l'cul en quatre pour obéir à madame Renard et son éternelle insatisfaction... J'ai pas l'droit de rêver. J'me réalise pas. Ça m'prend un statut. »

Puis, Fox m'a tenu ce discours : « Écoute-moé ben, Marie, parce que moé le rêve, j'connais ça. Je vis de ça, moé, écouter le défilé du rêve qui s'réalise jamais, du fantasme flambant nu. Quand la liste est trop longue, j'dis à mon client : *Achale*-moé pas avec tes rêves achalandés. Baise-moé. Marie, le rêve s'réalise pas, il s'rêve... Retiens ben ça. Y'a juste la réalité qui s'réalise. Moé, ma réalité, je la prends comme elle est là, présentement. J'fais la rue, l'trottoir. Ouais pis ? J'vends pas juste mon cul. Moé, mon rêve, j'veux pas que ça m'arrive parce que j'rêve souvent d'me faire passer d'ssus par un train. C'est drôle en même temps. J'me ferais ligoter avec du cordage de la tête aux pieds. Pis, on me déposerait sur les rails comme dans les westerns et j'crierais à m'époumoner. Du-piano-de-bordel-qui-joue-tout-seul comme bande sonore pis le scénario est complété. C'est pas rose mais les p'tits rêves roses tout satinés, ça m'endort. Il me faut de l'action. J'peux pas dormir au lit', moé... »

J'ai vidé mon verre d'un trait. Je prenais un petit coup à grandes rasades. « Épatante Fox », que je me répétais, me félicitant d'avoir largué madame Renard dans son salon.

•

Avant Outremont, ç'avait été l'usine. Plutôt que d'y pendre ma peau, j'ai démissionné. Deux doigts de la main droite en moins. Avant ça, j'ai cousu des boutons à la manufacture. Et, au tout début de mon histoire sur le marché du travail, je roulais ma bosse dans une bibliothèque en béton à répéter des chiffres et des cotes et à me parler toute seule. Pas de fenêtre à trente degrés. Je sortais, le soir, et saisissais le coucher de soleil entre deux cheminées.

Je repense à cette époque où je me racontais qu'il me fallait vivre ça pour aimer, plus tard, mon métier. J'essayais d'aimer ça. Aussi bien tomber amoureuse d'une livre de steak haché.

J'ai vendu mon rêve pour la réalité. Je vendais mon cul pour un statut. Un salaire.

J'apprenais. Aujourd'hui, cette nuit du premier janvier, en discutant avec Fox, je sais. On m'a, un jour, initiée au rêve réducteur et j'y ai cru.

Le rêve ne se réalise pas, il se rêve.

Fox et moi, nous nous sommes mises à déparler. Nous avons terminé la soirée du Nouvel An à chanter des cantiques de Noël à qui voulait bien nous écouter. On nous a foutues à la rue et, liées d'amitié, nous avons marché en clamant nos idéaux.

•

J'assistais à une deuxième prise du monde. Je tendais à rêver. Ça me changeait les idées.

Une nuit, en rêve, je me suis vue dans la locomotive d'un train fonçant sur Fox, couchée sur les rails, emprisonnée dans un cocon de cordage. Je portais le costume du conducteur. Je faisais siffler le train et les crapauds s'éloignaient à son passage. Comme si c'était vrai.

Je songeais à Fox, mon amie. J'allais flâner sur Ontario ou sur Hochelaga pour la revoir et nous échangions quelques moments de philosophie. Souvent, je lui payais sa nuit et nous allions boire des chopes de bière à la taverne. Elle me calmait l'esprit, me raccordait avec la vie. Grâce à elle, je rêvassais. Le rêve tâtait mon pouls, craignant, un jour, de ne plus le percevoir. Les arcs qui me berçaient, vers l'avant puis vers l'arrière, auraient roulé, m'englobant dans une sphère, s'ils avaient été un cercle entier. Le rêve me soulevait de terre. Mon corps s'électrifiait. Je voyais la réalité. Pas plus polie, je me politisais. J'ouvrais grand les yeux, me mobilisais, me positionnais. J'ai bien tenté de vivre de mon métier mais les débuts de mois en trahissaient la fin. « C'est pas viable... », qu'on me disait. J'ai épluché les journaux et suis retournée travailler. J'ai trouvé du boulot dans un restaurant où le patron se foutait éperdument de ce qui m'enchantait vraiment. Il passait derrière moi, épiait mes gestes et tout mon être, commentait mon coup de couteau, m'interdisait de siffloter. « T'es pas dans un garage icitte ! » me disait-il devant tout le monde, sans délicatesse. Encore une fois, je ne pouvais pas exister librement. J'avais peur de remuer l'index pour montrer ou d'écarquiller les yeux pour m'émerveiller.

•

« Les clients attendent... Elle est prête, cette boulette de viande, tu le vois bien, fainéante ! » avait vociféré mon patron, me tapant l'épaule, me tapant sur les nerfs. Il venait d'amplifier le débat sur ma graisseuse réalité. Réalité snack bar. Je cramais ma vie et l'écrasais d'une spatule.

J'achevais. À ce moment même, de la *boucane* me sortait du nez, ça sentait la fumée. Je revis Fox en rêve. Et madame Renard en déshabillé.

J'osai l'affronter. Je fis de nouveau affront à un patron trop niais et trop dur : « Rêves-tu qu'tu fais l'amour ? T'as jamais rêvé d'sentir quelque chose de cochon ? »

Ma déclaration extravagante le fit s'étouffer. « Marie, garde tes commentaires pour toi ! » avait-il répondu tout bonnement.

« Ça rêve-tu un patron ? » l'ai-je alors repiqué.

Et je lui ai défilé tout un discours sur la faculté de rêver et sa nécessité. Compulsivement, j'ai posé les mains sur la plaque chauffante. Je le bravais sauvagement. Mes mains dessinaient ma douleur en frétillant dans la graisse.

Mon patron s'est retourné pour régler une addition.

J'allais quitter la cuisine, me dégageant de mon tablier, quand je me suis évanouie.

•

Ce jour-là, mon patron se surpassa. Il composa une assiette et la servit à Paulette Renard : « Huit doigts en sauce, biscottes et caviar, ma chère dame. »

Au Cadavre Exquis

Texte pour la radio

CODE DE BRUITAGE

Pour signaler le passage d'une atmosphère à l'autre, il existe au restaurant des portes battantes qui font le lien entre la salle de service et la cuisine. Quand l'inscription PORTES BATTANTES apparaîtra en didascalie, cela signifiera que les bruits d'ambiance auront changé. L'inscription sera parfois accompagnée de spécifications, pour accentuer ou isoler un bruitage précis.

La scène se déroule dans un restaurant de fine gastronomie : *Au Cadavre Exquis*. On trouve là deux atmosphères bien distinctes : la salle de service et la cuisine. Dans la salle de service, on entend des bruits de vaisselle, des gens qui parlent, qui s'exclament et deux musiciens jouant des airs de musique tsigane, duo de guitare et d'accordéon. À la cuisine se mêlent des sifflements, des bruits d'aliments qui rissolent, des minuteries qui crient et toujours un tic-tac-tic-tac-tic-tac...

La scène présente quatre personnages : Cuistot (le chef cuisinier), Garde-Manger (le sous-chef, un bras droit inestimable), Aubergine (l'hôtesse du restaurant) et un client.

Dans la salle de service, Aubergine accueille les gens.

UN CLIENT (*sérieux*) : Pardonnez-moi, mademoiselle.
AUBERGINE (*enjouée*) : Bonsoir, oui... Je suis l'aubergiste Aubergine, monsieur. Appelez-moi Aubergine ! Enchantée, monsieur. Comment puis-je vous être utile ?
UN CLIENT (*chuchotant*) : Combien de temps allons-nous encore attendre ? C'est interminable ce soir, il me semble...
AUBERGINE (*malicieuse*) : Deux personnes ?
UN CLIENT (*sûr de lui*) : C'est bien cela.
AUBERGINE : Ici, au *Cadavre Exquis*, on prend le temps. Vous n'êtes pas, pour nous, des clients... Non ! Vous êtes des patients !
UN CLIENT (*un peu irrité*) : Je veux bien vous croire, mademoiselle, mais on vient chez vous pour manger. Je suis affamé.
AUBERGINE : Merci de nous accorder vos précieuses minutes. Vous aimez notre cuisine ? (*pleine de vivacité*) Vous vous régalerez. Le menu du *Cadavre Exquis* ce soir... Ragoût d'agneau, bateau de crevettes et de mangues vertes, riz au potimarron, l'autruche et les truffes... Cuistot est aux fourneaux, pour vous.

[*Des assiettes se cassent, au loin, à la cuisine. Quelques rires tout près.*]

AUBERGINE (*riant*) : Oh là là ! On jurerait une chicane de ménage ! Veuillez m'excuser, messieurs-dames, je vous reviens dans un instant. Je vais voir ce qui se passe à la cuisine. Espérons qu'il n'y ait pas de morts !

[*PORTES BATTANTES.*]

À la cuisine.

AUBERGINE (*plaisantant*) : Garde-Manger, comment ça va ici, le vieux couple ? Vous n'êtes pas en train de jouer à la guerre par hasard ?
GARDE-MANGER (*pressé*) : Aubergine, (*prenant une grande respiration*) Cuistot n'est pas dans son assiette ! Il jure, il souffle et soupire... Il brûle le beurre. Des assiettes prêtes à servir viennent de lui tomber des mains. Pour bien nous retarder. Mains plein' d'pouces ! La moutarde lui monte au nez. Ça ne va pas du tout...

[*Brassage de chaudrons.*]

CUISTOT (*agité, plus loin*) : Bout de chair de sacrebleu de viande avariée qui empeste et qui attire les mouches qui tournent autour de la tête, sales pattes de mouche. Bout de gras ! Allez-vous en ! Ouste !
GARDE-MANGER (*naïvement*) : Cuistot, calmez-vous, je vous en prie. Voyez par vous-mêmes qu'il n'y a pas une mouche dans cette cuisine. Où voyez-vous des mouches ? Tout brille ici-dedans.

CUISTOT (*inquiétant, en s'approchant*) : Je vais me faire manger par l'estomac géant. Il se trouve près de nous, dans le restaurant. Ma théorie, c'est que tous les estomacs des gens rassemblés ici pour manger forment un immense estomac qui pourrait facilement nous ingurgiter tous les trois... Vision d'horreur qu'est celle de voir tous ces gens ouvrir leur bouche en même temps...
AUBERGINE (*optimiste*) : Allez, Cuistot ! Un peu de nerfs ! La soirée se déroule bien, les gens sont contents. Comme sur des roulettes, Cuistot, let's go... (*elle tape dans ses mains*) Courage, Cuistot ! On s'en tire tous les soirs.
CUISTOT (*en s'éloignant*) : Je veux que ça cesse, vous m'entendez ?
AUBERGINE (*échappant un bref ricanement*) : Je ne devrais pas rire mais il est à la fois drôle et perturbant. (*calme et confiante*) Dis-moi, Garde-Manger, qu'est-ce qui lui prend ?
GARDE-MANGER (*nerveux*) : Va savoir ! J'ai bien senti qu'il n'allait pas quand je l'ai vu arriver, les yeux vitreux. Il sentait le café à plein nez. Pas fraîchement rasé, ni lavé.
AUBERGINE (*intéressée*) : Il y a longtemps qu'il est comme cela ou c'est la première fois ?
GARDE-MANGER (*pas rassuré*) : Quelques jours. Une semaine. Tu n'avais pas vu de changement ?
AUBERGINE : Faut croire que je n'ai rien remarqué. C'est toi qui le connais mieux que personne, sinon mieux que lui-même.
GARDE-MANGER : On ne peut pas le laisser comme ça. Autrement, on se dirige tout droit vers une catastrophe.

AUBERGINE (*combative*) : T'as raison. Il faut tout faire pour finir cette soirée en douceur. Pas d'atterrissage forcé. On va tout essayer parce que, déjà, les clients s'impatientent. Ce n'est pas bon de les faire languir dans l'entrée pendant une heure. On va mettre les bouchées doubles, Garde-Manger. Rejoins Cuistot et talonne-le... Ne le lâche pas. Mets-y l'paquet ! D'accord ? De mon côté, j'occuperai les patients. Et je vais dire aux musiciens d'user de leurs crescendos... Je me sauve. (*une pause*) Oh ! Garde-Manger ?
GARDE-MANGER : Quoi donc ?
AUBERGINE (*maternelle*) : Ça ira... Il y a des soirées comme ça. Il faut s'épauler.
GARDE-MANGER (à lui-même) : Ça ira, ça ira... J'ai l'impression qu'Aubergine ne saisit pas vraiment. Il y a des soirées comme ça... Jamais il n'y avait eu de soirée comme celle-là. (*une pause et il crie*) Cuistot !
CUISTOT (*vociférant*) : Moment de trafic, moment de congestion, maudite heure de pointe... Tout le temps pareil. Pas de répit, pas de vacances le vendredi, pas question. Il faut se plier aux caprices des papilles.

[*Tumulte de sonneries.*]

CUISTOT : Et ce vacarme qui règne. Ça tic, ça tac... (*dégoûté*) Cela tic et ceci tac. Que tout cesse ou que cette sauce épaississe... Elle ne veut pas ! (*il rage*) Cette sauce ne veut pas collaborer.

GARDE-MANGER : Je vous relaye. Prenez une minute pour vous dégourdir, Cuistot. Ça vous fera le plus grand bien.
CUISTOT (*démoralisé*) : Non, j'en doute. Je n'y arrive plus. Je suis maladroit.
GARDE-MANGER (*tendre*) : Cuistot mon ami, tout ne marche plus sans vous. C'est vous le capitaine. Moi, votre moussaillon. Si vous n'êtes plus là, on ferme, on met la clé dans la porte. On se retrouve à la rue. Rien ne va plus. Quels sont vos jeux, Cuistot ?
CUISTOT : Je sens que je vais vomir.
GARDE-MANGER (*attentionné*) : Vous voulez que j'appelle votre femme ?
CUISTOT (*attristé*) : C'est pas la peine, elle est partie. Elle trouvait que je travaillais trop. (*une pause et il se confie*) Garde-Manger, je ne supporte plus le rythme. Je suis perdu. (*une pause*) Ce bruit. Vous n'entendez pas ce bruit qui me retarde ? On me bombarde. Ce bruit veut me dire quelque chose. Écoutez, Garde-Manger, mais écoutez donc...
GARDE-MANGER (*inquiet*) : Comme toujours, Cuistot... Cocotte-minute, pot-au-feu, des pattes de crabe que l'on craque, des gens qui passent au cash, bruit de chaudrons qui débordent dans le rond... Ah non ! Merde ! Je me suis brûlé et la sauce a collé au fond. Vous voyez Cuistot ? On ne peut pas se passer de vous.
CUISTOT (*insistant*) : Garde-Manger, concentrez-vous. (*rythme lent*) É-cou-tez...

[*Tic-tac-tic-tac-tic-tac plus fort.*]

CUISTOT : Il y a un son de cloche.
GARDE-MANGER : Un son qui cloche ?
CUISTOT (*inquiet*) : Une cloche qui cloche. Le son provient de mon ventre.
GARDE-MANGER (*découragé*) : Après les centaines de mouches et les estomacs dévoreurs, il y a une cloche dans votre abdomen maintenant.
CUISTOT : Il y a quelques jours que ce tic-tac-tic-tac me réveille la nuit, me coupe l'appétit et m'étourdit. (*énervé*) Je veux qu'il cesse.
GARDE-MANGER : Voyons voir, Cuistot. Est-ce que je peux me coller l'oreille à votre ventre pour écouter ?
CUISTOT : Si ça peut vous faire plaisir.
GARDE-MANGER : Ce n'est pas pour mon plaisir mais pour le vôtre. Je veux vous revoir rire plutôt que râler, vous réjouir avant de rouspéter. Ensemble, on va trouver. Ne bougez plus. (*une pause*) Respirez.

[*Longue respiration se terminant par un étouffement. Le tic-tac-tic-tac-tic-tac s'accentue.*]

GARDE-MANGER (*embarrassé*) : Euh... Vous voulez savoir ? (*une pause*) Ce ne sont que des gargouillements. Vous avez faim, Cuistot, voilà tout. Quand avez-vous mangé la dernière fois ? Il faut manger, Cuistot. Votre ventre vous le crie et votre humeur aussi...

CUISTOT (*impatient*) : Ahhh... Laissez tomber. J'ai mangé comme un goinfre toute la journée. J'espérais étouffer cette bombe à retardement. Je voudrais vraiment qu'elle explose une fois pour toutes et que ma chair ne soit plus que quelques lambeaux de sentiments.

[*Les bruits de la cuisine prennent de l'intensité.*]

GARDE-MANGER : Vous pouvez tout me dire, mon ami. Depuis le temps que l'on se côtoie, que l'on travaille l'un près de l'autre. Qu'avez-vous sur le cœur ?
CUISTOT (*triste*) : Si, au moins, je le savais.
GARDE-MANGER : Ne gardez pas tout en-dedans.
CUISTOT (*perturbé*) : C'est que...
GARDE-MANGER (*insistant*) : Allez, dites-moi. Crachez le morceau.
CUISTOT (*mélangé*) : Ma femme est partie. Je crois perdre la boule. Je veux partir au soleil. Je veux me cuisiner des bons petits plats, que pour moi. J'ai l'impression de, je sens que, j'aimerais tant...
GARDE-MANGER (*bien content*) : Voilà qui n'est pas mal.
CUISTOT : Mais ce n'est pas suffisant.
GARDE-MANGER (*étonné*) : Quoi ?
CUISTOT (*fermement*) : Je n'ai plus la force de continuer. Je ne tiens plus qu'à cela. Plus la force ce soir, plus la force les autres jours, plus la forme jamais ! Que l'on me traite de fou et d'écervelé, je ramollis de partout. Je ne tiens plus. (*un silence*) Rassemblez les serveurs

et faites savoir à Aubergine que l'on ferme. (*impératif*) On ferme.

GARDE-MANGER : Vous blaguez ?

CUISTOT : Non. Je n'ai jamais été aussi sérieux. (*soulagé*) Allez ! On cesse toute activité. Je n'en peux plus maintenant.

GARDE-MANGER (*confus*) : Je ne comprends plus rien. Quel est ce monstre qui se débat en vous ?

CUISTOT (*convaincu*) : C'est cela ou je fais tout sauter. Que l'on interrompe les repas, que l'on rembourse les clients... On vide le restaurant, on renvoie les gens. Plus vite que ça ! Qu'on leur propose notre concurrent d'en face, (*sarcastique*) mon bon ami. Il s'en réjouira...

GARDE-MANGER : Impossible, c'est impossible, Cuistot ! Ce n'est pas le moment ! On a les deux pieds dedans !

CUISTOT : Pieds dans les plats ou pas, le chef a parlé. Il y a mon ventre qui me bombarde. (*criant*) Il veut la guerre, il veut la guerre ! Eh bien, je lui annonce que je vais la gagner.

[PORTES BATTANTES. *Dans la salle de service, les musiciens sont déchaînés : chanson tirée du film* Chat noir, chat blanc *d'Emir Kusturica.*]

AUBERGINE (*débordée*) : Pour dix personnes ? Pour vingt ?

UN CLIENT (*enragé*) : Ça va durer encore longtemps cette attente ? La file ne bouge plus. On se croirait sur l'autoroute un soir de semaine.

AUBERGINE (*sèchement*) : Bien sûr, monsieur.
UN CLIENT (*intolérant*) : Bien sûr, ce sera encore long ?
AUBERGINE (*évaporée*) : Je suis d'accord pour l'autoroute. Bien sûr. Vous avez raison, monsieur. Les clients ont toujours raison.

[*Des pas de course vers Aubergine.*]

GARDE-MANGER (*essoufflé*) : Aubergine, Aubergine ! Plus rien ne va ! Cuistot...
AUBERGINE (*empressée*) : Quoi ? Cuistot ? Il n'arrive plus à faire bouillir de l'eau ?
GARDE-MANGER : Il a posé un cessez-le-feu. Il a la guerre en lui, je l'ai entendu. Il faut le croire, je te jure. On a un peu parlé, je crois qu'il est exténué. Aussi, sa femme est partie. Tu le savais, toi ?
AUBERGINE : Non. Depuis quand ?
GARDE-MANGER : Va savoir !
AUBERGINE (*nerveusement*) : Et là ? Qu'est-ce qu'on fait ?
GARDE-MANGER : On ferme. Pour Cuistot. C'est ce qu'il souhaite.
AUBERGINE : Ça va créer tout un bordel, regarde les gens qu'il y a.
GARDE-MANGER : Le chef a parlé.

[*La musique bat son plein. Un temps.*]

AUBERGINE (*avec un sang-froid impressionnant, elle crie*) : Messieurs-dames...

[*Moment de brouhaha. La musique diminue : impression de crevaison. La musique cesse complètement. Un temps de silence.*]

AUBERGINE (*professionnelle*) : Tout le monde. La maison regrette de vous annoncer qu'il vous faudra quitter les lieux immédiatement.

[*Des réactions.*]

AUBERGINE : Notre chef-cuisinier, Cuistot, a un malaise. Nous ignorons la cause de ce remue-ménage, mais nous préférons afficher *fermé* pour la soirée. Nous allons vous faire des plats pour emporter. Nous sommes vraiment navrés. Nous connaissons la qualité de notre cuisine et il est malheureux d'abandonner une table si majestueuse. Messieurs-dames...
UN CLIENT (*en colère*) : Voire si c'est une façon de traiter les gens. Vous ne nous reverrez jamais ici, vous pouvez en être certains.
AUBERGINE : Peut-être nous croiserons-nous sur l'autoroute, monsieur !
UN CLIENT : Ça ne me fait pas rigoler, mademoiselle.

[*Des bruits de chaises sur le plancher, des gens qui s'exclament. Le restaurant se vide. Un silence.* PORTES BATTANTES. *Seul un tic-tac se fait entendre, comme un bruit de réveille-matin. Il n'y a plus de minuteries ou de bruits de chaudrons.*]

CUISTOT (*malade*) : Vous entendez maintenant ? Ça vous bourdonne comme moi dans les tympans ce maudit bruit de réveillez-vous... Il vient de mon ventre. Tais-toi espèce de ventre malfamé ! Tu ne te tais pas, sale colis piégé ?

GARDE-MANGER (*énervé*) : Cuistot, Cuistot !

CUISTOT : Je vais vomir, je vais être malade. Garde-Manger, Aubergine, approchez...

GARDE-MANGER (*attentionné*) : Oui, oui. Viens, Aubergine. Je crois qu'il veut nous dire quelque chose.

AUBERGINE : T'as mauvaise mine, mon Cuistot.

GARDE-MANGER : Dis-nous, vraiment.

[*Le tic-tac, toujours actif, diminue et cesse. Le silence.*]

CUISTOT (*haletant*) : J'ai trouvé le moyen de désamorcer mon chagrin. Je suis fatigué. J'ai trop travaillé. J'ai mal au ventre, aïe.

AUBERGINE (*paniquée*) : Il s'effondre !

[*On entend la chute.*]

GARDE-MANGER (*touché*) : Pas assez vite, je voulais pourtant le retenir. Cuistot, ça va ? Parlez, Cuistot.

CUISTOT (*étouffé*) : Je... Ouille... La guerre... Dans mon estomac...
GARDE-MANGER (*insistant*) : Oui, c'est ça. Tranquillement. Qu'est-ce que vous nous dites ?
CUISTOT (*dans un dernier souffle*) : J'ai peur... Ça chauffe. Mon estomac... J'ai bien peur de ne pas digérer le barbiturique...

[*Et le tic-tac diminue jusqu'à cesser. Silence.*]

FIN

La quête d'une chose qui vit pendant que tout le reste du monde lui crie dans les bois

Texte pour la radio

Dans ce texte, le narrateur prend la voix de l'horizon qui observe Sophie garder l'œil sur lui, puis soudain le perdre de vue.

•

L'HORIZON : Aujourd'hui, il neige dehors. Sophie se tient sur deux jambes robustes. Avec les années, être gardienne d'horizon – son métier – l'a bien musclée. Lors de ces journées blanches, Sophie redouble de concentration. Jamais on ne la voit fléchir. Elle tient bon, en équilibre sur le point de congélation. Elle me surveille... Je suis, comme elle le dit, son *tendre horizon*. Elle a cette façon tendre de le dire. (*pause*) Je me déforme. Le ciel est bas et les nuages se chamaillent, se font la course. Je crois que la neige va se changer en pluie. Sophie danse pour réchauffer ses articulations. Les flocons sous ses pieds ont fondu et elle piétine maintenant dans une flaque d'eau constituée de roches et de calcium. (*pause*) Sophie fait le guet, le regard fixement perdu. (*pause*) Elle vit ses journées. Comme si elle s'entraînait pour l'armée, voyez ? Avec un cheval à ses côtés, prête à foncer... Elle a reçu l'ordre de ne pas me quitter des yeux, moi l'horizon. J'ai la réputation d'être changeant mais je demeure présent, malgré les humeurs ! (*pause*) Sophie existe par ma présence. Voilà une solide base à notre relation. Elle me voue une entière confiance. Je ne bouge pas. De toute façon, où pourrais-je bien aller ? Dans les bois ? (*en chantonnant*) *Pendant que le loup n'y est pas...* (*pause*) Sophie exerce son métier. Elle ne bouge pas d'un iota. On croirait une statue que l'on voudrait chatouiller sous les bras. Elle passe sa journée et rentre chez elle. (*interrogatif*) Et si je disparaissais ? Qu'est-ce qu'elle connaît de la vie, Sophie ? Elle est ma gardienne particulière et je n'irai nulle part ailleurs qu'à ma ligne de départ, là où l'on me trouve si l'on me cherche, entre ciel et terre, sur la ligne d'horizon. Sophie ignore tout de tout. Sa quête est maigre, me semble-t-il : travailler, rentrer chez elle, travailler, loin de tous rapports humains, obéir aux ordres. Elle veille sur moi et se fait vieille. Elle a cessé toute recherche de sens. Et tant que je suis là, ça ne changera pas. (*malicieux, il réfléchit à voix haute*) Disparaître ? Ce serait généreux de ma part de disparaître... M'éclipser ? Ce serait l'idée du siècle de m'esquiver... Rejoindre le soleil derrière la lune ? Pour Sophie, que pour elle ? Pour ses beaux yeux. Pour le bonheur de la regarder, de la voir, de l'épier. Oui. Plus j'y réfléchis et plus j'imagine Sophie qui me remercie. (*une pause*) On se connaît par cœur. On se prend pour acquis. (*songeur*) Rêve-t-elle toujours de mes courbes ? Pourrais-je raviver son désir ? Voit-elle mon charme naturel ? Pourrais-je lui redonner la vue, celle qui permet non pas de voir, mais de regarder ? (*ironique*) J'ai grandement besoin d'une bonne balade dans les bois. (*en chantonnant*) *Pendant que le loup n'y est pas...*

[*L'horizon déguerpit. On entend comme un coup de vent.*]

SOPHIE (*gravement confuse*) : Mais, mais, mais... Qu'est-ce que ça veut dire ? Le temps change si rapidement. Fais ta place, mon horizon ! Si le ciel t'écrase, dis-le moi ! (*plus bas, décontenancée*) C'est mon travail de régler ça. (*elle crie*) Hé là ! L'horizon, c'est parce que je ne te vois plus. Tu peux me dire où t'es rendu ? (*un temps, à elle-même*) C'est vrai qu'il arrive que je te perde dans le mouvement mais jamais aussi longtemps. L'horizon, pourrais-tu donner signe de vie ? Et je respirerai à nouveau... (*une pause, un souffle*) Ça ne va pas. (*paniquée*) Il a suffi que je détourne le regard un instant. J'ai lacé mon soulier seulement. (*criant*) Il est lacé maintenant, reviens ! Je ne te quitterai plus. D'yeux que pour toi, mon horizon !

[*On entend progressivement un début de pluie.*]

SOPHIE (*morose*) : Et voilà que la neige se change en pluie. Mais je ne peux pas partir comme ça. Pas d'horizon, je n'y crois pas. Qu'est-ce qu'on va penser de moi ? On va me taper sur les doigts. (*à elle-même*) Puis-je espérer qu'il revienne avec la pluie ? Ou ne serait-ce qu'une infime éclaircie... (*combative*) Même pas mal ! Peur de rien. Je le retrouverai. (*criant, amoureuse*) L'horizon, t'es toute ma vie.

L'HORIZON (*amusé*) : J'étais si curieux de voir comment Sophie réagirait. Pourquoi n'y avais-je pas pensé plus tôt ? Je l'ai laissée pendant d'innombrables années se tenir droite comme un soldat, comme s'il y avait un quelconque danger pour moi. Le temps a passé. Sophie a vieilli et n'a rien vécu qui vaille. Honnêtement, que pourrait-il bien m'arriver de si terrible dans les pires tempêtes et les plus grands remous ? (*réfléchissant*) Je ne sais pas. Si ! Je sais. Je suis indestructible ! (*une pause*) Sophie est tout simplement incroyable. Tout de suite, en relevant la tête, elle a constaté ma disparition. (*admiratif*) É-pa-tant ! Elle a l'œil du gardien. Sophie a l'œil. Or, elle est devenue aveugle au reste du monde, trop préoccupée à me promulguer ses soins.

SOPHIE : J'ai beau y songer... Je n'arrive pas à concevoir une continuité sans ma ligne de vie. Cher tendre, peut-être ne t'ai-je pas dit assez souvent combien je t'aime ? Reviens ! Ne t'efface plus et j'efface tout. Je ne rentrerai pas à la maison, non, non. Je rentrerai quand je rentrerai. (*avec un esprit d'organisation*) Je vais commencer par aller voir sur place. Je naviguerai sur la mer jusqu'à l'horizon. Je cognerai chez lui, le sortirai de son sommeil. Je vais en avoir le cœur net.

[*On entend la mer. Sophie y navigue. On peut l'entendre émettre des sons, soutenant son effort.*]

L'HORIZON (*narratif*) : Déterminée, Sophie est partie sur la mer. Longtemps, elle a ramé. Elle a mené sa barque fièrement, vivant sa quête de tous les instants. Et, comme j'étais dans les bois, il lui a été impossible de voir qu'elle avait manqué la sortie de l'horizon. C'est bien inscrit quand je suis là : il y a le ciel, la mer et une ligne de démarcation entre deux bleus pas toujours nuancés. Sophie s'est perdue dans le dégradé... Elle avait dépassé l'horizon et la pluie l'avait détrempée. Elle déployait son ardeur. Elle croyait aller devant, mais la mer camoufle bien des pistes.
SOPHIE (*décontenancée*) : Je ne sais plus là... Je suis perdue, je crois. L'horizon peut être partout à la fois. L'étendue m'apparaît si vaste. Je pourrais naviguer sur le ciel et l'ignorer. (*plus vigoureuse*) Mais bon ! Allons ! Il est là, c'est certain. L'horizon est là ! (*criant*) Es-tu là ? (*convaincue*) T'es ici, pas ailleurs. Surtout pas dans les bois !
HORIZON : À quel moment Sophie avait-elle pu s'égarer ? Elle avait sauté l'horizon sans soubresauts, ça, elle en était certaine. Elle croyait m'avoir enjambé. Elle jetait des regards derrière elle. Elle se repassait

son chemin. Elle se racontait des histoires, riait de sa distraction. Et de m'avoir ainsi perdu. Pour elle, c'était irréparable. (*une pause*) Elle continuait. Sophie avait bon souffle. Et un cœur énorme.

SOPHIE (*une longue respiration : elle gonfle sa voile*) : À ce rythme-là, on croisera l'horizon quelque part. Bientôt. (*hésitante*) Quoique le bleu règne et je ne fais pas de différence entre le ciel et la mer. (*elle souffle encore*) Je vais aller partout. On verra bien maintenant. Allez, ma barque, emmène-nous partout.

[*On entend Sophie manipuler son bateau. Quelques sons soutenant son effort.*]

SOPHIE (*concentrée*) : Ni devant, ni derrière. À gauche et à droite, niet. L'horizon ne bronche pas. (*se relâchant*) Qui c'est le capitaine, hein ? Heille, l'horizon ! Je te parle ! Sors de ta cachette ou je vais hurler. (*fatiguée*) Je suis gardienne d'horizon et tu vas m'écouter. Je fais mon travail, je te cherche partout, tu vas m'écouter. Le capitaine, c'est moi à bord de ce bateau. Je dirige ma quête. Je crie dans les bois, comme une petite fille perdue. Ne me décourage pas davantage. Écoute-moi. Viens me trouver. Compris ?

[*Cette dernière parole reste en écho quelques instants : « Compris ? Compris ? »*]

L'HORIZON (*tendre*) : Je veillais sur Sophie, voyant à ce qu'elle ne disparaisse jamais. C'était mon tour. Je lui devais cela. Je lui rendais son amour, son temps. Je voulais être généreux et lui permettre de vivre sa propre quête. Elle la découvrait. Elle persistait, maintenait le rythme, tenait son gouvernail avec ce qu'elle connaissait de la vie et de son mouvement. De temps en temps lui prenait un haut-le-cœur. Elle vomissait, s'allégeait. (*confiant*) En affrontant le danger, droite comme un soldat, elle réussirait bien à me retrouver, moi son tendre horizon, gardien de sa quête.

FIN

De la sincérité

Simone débarque tout juste.

Le temps qu'elle se branche sur une orientation à suivre pour l'avenir, elle est installée chez ses parents qui ont toujours habité une maison de bois au bout d'un chemin de bois. La paix pour atterrir, c'est l'idéal. Elle marche à l'arrière, traverse le sous-bois, passe le ruisseau, marche encore à travers noisetiers, trembles, sapins et épinettes, vole quelques framboises au passage et atteint la baie de rochers jusqu'au lac, peut s'y asseoir et fixer l'eau, tranquille.

Ces années vécues à Johannesburg ne se diluent pas facilement. Elle le voit tout de suite lorsqu'elle lave à la main quelques vêtements délicats et que l'eau devient momentanément rousse. Les poussières voyagent encore. Déjà, il était resté les sédiments du Honduras, les stigmates de la Mongolie, les blizzards du Nunavut. L'Afrique s'inscrivait à son tour dans ce ramassis de restes d'existence. Parachutée, elle, Simone, son corps, sa tête pleine à craquer d'événements et de tout ce bataclan de morceaux de continents, de bouts de pays, d'éclats de route. Dans une ambiance de bilan à dresser et qui se dessinait de lui-même, à force de silence, cet atterrissage lui apparaissait comme le premier vrai arrêt depuis bon nombre d'années.

Un arrêt.

Un vrai ?

Un faux ?

Premier, deuxième ?

Qu'importe, un arrêt.

Les années.

•

S'enfilaient les questions d'usage. Que faire ? Combien de jours ? Pourquoi chercher et où ?

Elle viendrait s'asseoir sur le rocher et fixerait l'eau. Cela durerait un temps. Mais sérieusement, il faudrait bouger aussi, aller faire un tour en ville. Rejoindre de vieux copains. Tenter un rapprochement. Donner un sens aux choses palpables. Vivre pleinement. Trouver un projet. Décrocher un contrat. Le fallait-il ? Fixer l'eau, ce n'était pas si mal après tout. Magnifique, reposant, méditatif, au bord d'un lac zen.

Rejoindre de vieux copains. (« Que sont devenus mes amis », chante Desjardins.)

Tenter un rapprochement. (*Combien loin* doit-on se rendre pour connaître enfin la proximité ?)

Vivre pleinement. (Dangereusement peut-être.)

Atterrir. (Il y a la tempête sur la piste.)

Trouver un projet. (Un chantier d'éoliennes en Antarctique ?)

Décrocher un contrat. (2012 : où se tiendra le prochain Sommet de la Terre ? Paris ? Budapest ? Beijing ?)

•

« Ne t'isole pas, Simone », lui avait conseillé sa mère.

Un soir, elle prend son courage à deux mains et se rend en ville. Simone sent une continuité au voyage. Il se poursuit car sont là les éternels habitués, les vaillants piliers de bar : Bébert, Coco, Rosita, Melville. Comme s'ils s'étaient donné rendez-vous ce jour-là, à cette heure-là, à cet endroit-là. Ces gens sont, sans le savoir, les vertèbres du voyage.

N'est-ce pas pour rencontrer ces gens qui ne bougent pas d'un poil de toute leur vie que d'autres bougent ? Pour Simone, le voyage est précisément constitué de ceux qui bougent et de ceux qui ne bougent pas, en toute complémentarité. L'un ne va pas sans l'autre.

« Tiens, tiens, une revenante. T'es vivante, toé ? »

Arrêt cardiaque.

Autour d'une table, épaules basses, airs ennuyés, on peut apercevoir la vieille bande de Simone. L'atmosphère n'est pas à la grande fête. Spontanément, elle souhaite rebrousser chemin et faire comme si elle n'avait pas mis les pieds dans ce trou à rats. Elle voudrait se téléporter au maquis de son ami Boukar, rejoindre Tamara, Aziz et Fati. Trop tard, on l'a vue. Ce n'est pas l'accueil du siècle. Simone s'approche d'eux, des étrangers presque. Maladroitement, elle fait un tour de table, les bises, les salutations de rigueur. Aussitôt, tous se rassoient. Elle ne se sent pas bien. Elle prend place. C'est Marilou qui lui fait la conversation toute la soirée. Elle commence : « Simone, je m'attendais pas à te r'voir... T'étais où ? »

— Je reviens de Johannesburg, en Afrique du Sud. J'ai travaillé au Sommet de la Terre en 2002.

— Ça fait un boutte !

— J'étais bien là-bas. J'avais un bon boulot, une vie stimulante.

— Pourquoi t'es r'venue d'abord ?

— Je me le demande encore... En fait, dans les derniers temps, j'avais le mal du pays... Ma famille me manquait. J'ai vu mes parents seulement deux fois en cinq ans. Pis ici ? Ça change pas, hein ? Qu'est-ce que vous devenez ?

Marilou, s'allumant une clope, s'emballe : « Hier, y'a eu tout un show, ma fille, on s'est tous couchés à matin, on a veillé avec le band. Méchante brosse qu'on a pris. C'est fou, j'en ai mal aux cheveux à soir. Ça fait qu'on est ben relax. Moé, j'tarderai pas trop. J'vais aller r'trouver mes chats chez nous. Si té voyais mes beaux minous, sont tellement beaux. Sont nouveaux. C'est pas mêlant, j'sais pas c'que j'ferais si j'les avais pas. Une soirée d'même, chus ben contente, j'ai mes chats. Je m'écrase dans mon divan pis j'les flatte, on écoute la télé ensemble, y'aiment ben mes émissions. »

Simone a été très proche de Marilou à une certaine époque. Ce monologue, elle ne l'écoute que d'une oreille. Se répète en elle : « Elle me parle de ses chats. Elle me parle de sa cuite d'hier. Elle me parle de ses chats. Qu'est-ce que je peux répondre à ça ? » Simone peine à terminer sa pinte de noire, s'excuse de partir si tôt, prétextant un décalage horaire qui lui entre dans le corps. « Ah bon ! J'savais même pas qu't'étais partie... », lance Joachim, de son coin.

Simone repart perplexe, la mine basse. Elle refuse de penser qu'elle serait devenue intolérante devant ses anciens amis, elle, la trop exigeante, la très ouverte Simone, qui a voyagé sur plusieurs continents. Elle rage d'avoir détecté chez eux quelque chose d'inébranlable, quelque chose qu'elle s'explique mal. À les voir là, comme des insensibles. Elle rêverait qu'ils évoluent autrement. Elle voudrait mieux pour eux.

•

À chaque retour de l'étranger, c'était la même histoire. Simone vivait deux principaux chocs : entendre les histoires de ceux qui partent sur la brosse et de ceux qui possèdent des animaux domestiques. Elle avait beau tenter de comprendre, elle ne trouvait aucun sens à ces deux pratiques. Observer des gens complètement soûls à trois heures du matin la faisait se questionner sur le territoire que l'on occupe dans la société, sur l'éphémère des sensations à se donner, sur la responsabilité, sur la citoyenneté. Pendant qu'elle, elle a la tête bourrée de questions existentielles, Simone la revenue de loin, la sans voix. Elle regardait ces gens gueuler autour du feu sans réfléchir plus loin que le bout de leur nez, les voyait courir inconsciemment dans le brasier et se disait que tout ce monde était flou, égaré. Puis après, elle se réveillait encore plus devant des scènes de rue lui présentant des humains plus humains envers des animaux en promenade qu'envers leurs propres enfants, voisins, semblables. Elle se dérouillait encore davantage à la lecture de faits divers le matin annonçant l'ouverture de centres de santé américains pour animaux obèses.

Il régnait tout un tapage dans le cœur de Simone : « Décalage. Il y a un sacré décalage. Manifestement, on ne pourra plus partager grand-chose eux et moi. C'est trop triste à accepter, ça. » Simone rentrait à pied par le chemin de bois pour atteindre la douillette maison de bois de ses parents, là où la torpeur s'apaisait instantément en franchissant la porte d'entrée, là où la vie se simplifiait. Ses parents hédonistes savaient jouir de la vie : lecture et sieste, jazz et *Scrabble*.

La soirée l'avait bousculée. Un nuage gris de questionnements survolait sa tête : « Dans quel quotidien vivent-ils ? Je n'y ai pas accès... C'est une forteresse indélogeable. Pourquoi m'acharnerais-je à vouloir me rapprocher d'eux ? Trop de fuseaux horaires nous séparent. Ils ont choisi des vies sur lesquelles on ne peut avoir inopportunément que de minimes incidences quoi qu'on dise, malgré les gestes. Ai-je un réel rôle à jouer auprès de ces vieux amis ? Se sentent-ils concernés par un seul sujet important ? En bout de ligne, moi seule en bave... Tout est au premier niveau. On boit de la bière en parlant de chats. Pas d'élévation, enthousiasme nul... Je n'ai pas envie de leur faire la morale. C'est de l'autodestruction tout ça. Pourquoi rechercher la sympathie à tout prix ? Pourquoi faire semblant pour être aimée des autres ? De tous. Ne pas déranger. Ne pas déplacer d'air. Faire attention à tout ce que je dis et sur quel ton ça sort ? Non merci. »

Effervescente, Simone s'était arrêtée au bord du lac. Les vagues se fracassaient contre les rochers. La nuit était tumultueuse.

Quelques réponses résonnaient au loin : « C'est maintenant que je dois exercer ma tolérance, dans mon coin de pays. Peut-on tolérer et refuser en même temps ? Soyons sincères. Franchement. Un peu de sincérité, Simone. »

Simone rageait au petit déjeuner : « Maman, c'est terrible, ça ! T'as lu ça ? Le chien faisait de l'embonpoint parce qu'on lui servait uniquement du filet mignon... Maman, c'est le monde à l'envers... Et l'autre là, t'as lu ça ? Elle a fait incinérer son chat pour garder ses cendres sur sa cheminée... J'hallucine... Vraiment, c'est impossible... Ah ! Maman, te souviens-tu de Marilou ? Je l'ai croisée hier soir. Je n'ai rien trouvé à lui dire... »

Choquée, Simone, au cœur même de son retour d'Afrique.

Marche derrière la maison de bois.

Traverse le sous-bois.

Passe le ruisseau.

Marche, marche.

Pleure.

Comme elle est loin de Johannesburg, fixe l'eau.

Boukar.

Tamara.

Aziz, Fati.

À vingt mille lieues de Choluteca, d'Oulan-Bator, d'Iqaluit.

Comme les retours font partie des voyages.

Et comme elle repartira.

Pour voir le monde et que le monde la voie.

Ne pas se perdre de vue.

Ne pas perdre le monde qui ne perd pas la vue.

En toute sincérité.

Bouger.

Lumière sur l'absence

L'absence de limites
ne rend pas libre.

THIERRY HENTSCH

Il cherche sa clé, accrochée à son cou. Il saisit la corde et la tire. Tout est emmêlé dans son foulard. Un bout de laine et la ficelle forment un nœud. Ses mains gèlent. Par les temps froids, l'enfant arrive difficilement à déverrouiller la porte d'entrée. La clé coince. Le serrurier a mal aiguisé les doubles. Quand il parvient enfin à ouvrir, Loan se dévêtit en laissant tout sur le tapis : sac d'école, boîte à lunch, mitaines, bottes, dans le passage. Il allume la lumière des pièces où il pénètre et ne l'éteint pas. Un réflexe, une signature. Enfant de la clarté, du matin, de l'espoir. Bientôt, la maison ressemblera à une torche dans la nuit, jusqu'au cœur de la nuit. D'abord, la cuisine : Loan a un creux. Le garde-manger lui propose des céréales ou des fruits séchés. Des tranches de fromage jaune au réfrigérateur. Pour l'instant, il choisit de se préparer un bol de céréales et plus tard, au souper, un *grilled cheese* au fromage jaune. La maison est silencieuse. On entend mastiquer l'enfant. Il est assis au salon, les jambes croisées. Dehors, un voisin doit recharger la batterie de sa voiture. L'autobus scolaire s'arrête devant la scène. Descendent les jeunes du secondaire. Les feux clignotants se replient et l'autobus poursuit son circuit. Le moteur de la voiture du voisin tourne désormais. La rue s'agite à l'heure du retour à la maison. Les résidences du quartier s'éclairent une à une, comme des bougies. Loan sait sensiblement dans quel ordre cela se produit. Il observe souvent cette danse. Il y a là-dedans, pour lui, dans cette présence, quelque chose de rassurant. Par les fenêtres, il assiste aux repas du soir. Les menus reviennent à intervalles réguliers. Il porte attention aux détails. Il analyse les traditions. *Là, ils mangent devant la télé*. Bien que les pommes de terre soient relativement populaires, chaque famille a ses spécialités. *Là, pour boire, c'est du lait ou de l'eau.* Ce n'est pas harmonieux partout, partout. *Là, le père semble rassembleur*. Se rassembler autour d'une table en famille. *Tiens, là, tout le monde est de bonne humeur*. Ce spectacle représente l'inconnu pour Loan qui, depuis toujours, bénéficie d'une grande liberté d'action, tout le contraire de ces saynètes qui se répètent inlassablement et qui répondent à certaines limites. Totalement libre ; laissé à lui-même. Il se débrouille, il adopte ses propres propositions. Il joue ou il fait ses leçons ou du lavage ou il passe l'aspirateur ou il arrose les plantes, dada de sa maman qui s'en occupe quand elle y pense. Ou il s'ennuie. Ou il devient maussade à épier les voisins, rendus au dessert. Lui passent sous le nez des gâteaux, des tartes, des renversés, des crèmes, des pâtes feuilletées.

Il termine son *grilled cheese*. Les lumières de la salle de jeux, de la salle de lavage et de sa chambre d'enfant sont allumées. Il prendrait bien une coupe glacée, recouverte d'un coulis de chocolat, orné de pacanes concassées, de canneberges séchées, de bonbons multicolores. Il voudrait ça immédiatement. L'après-souper, c'est le moment le plus long du soir. Loan sait ce qu'il a à faire, mais tarde, s'étourdit, s'écrase devant des émissions. Durant les publicités, il résout vaguement ses problèmes mathématiques à deux variables. Il ne comprend pas tout et laisse des blancs sur sa copie. Il rêve de sortir dans la rue et de projeter des balles de neige dans les fenêtres voisines. Il se dit que rien ne l'empêche de réaliser ça. Rien ni personne ne lui interdit d'imaginer les pires et les meilleurs coups, sinon la peur. Une fois qu'il est revenu chez lui après l'école, qu'il a ouvert la porte d'entrée, qu'il a comblé son creux, qu'il a espionné les soupers de son quartier, Loan prend peur. Il va dehors pour l'école et revient et c'est tout. L'idée de sortir à nouveau dehors, tout seul, le soir, est pour lui inconcevable. C'est un enfant comme ça. De jour, de réverbères. La soirée s'éternise. Il s'endort très tard, après que la dernière fenêtre des alentours s'est éteinte, que les rideaux sont définitivement tirés.

•

Lorsque la mère tourne le coin de la rue, elle découvre sa maison illuminée. Toutes les pièces brillent de leurs pleins feux. Comme un gâteau de fête. Elle stationne sa voiture. La rue est calme. Les cheminées fument. Il fait très froid cette nuit. Elle récupère sa facture d'électricité dans la boîte aux lettres. La porte d'entrée résiste. Des bottes d'enfant bloquent la poussée. La mère contourne les vestiges de l'arrivée de son fils. La télévision joue fort. Des vêtements n'ont pas été transférés dans la sécheuse. Un bol, une cuillère et une assiette ont été utilisés. Des miettes de pain sur le comptoir. Loan dort dans le lit de sa maman. Elle le retrouve. Bénédicte éteint la lampe frontale qui couronne la tête de l'enfant. Il affiche un visage triste et joyeux.

Devant le magique

Assis par terre au milieu de la pièce, l'enfant joue. Au fond, sur l'écran fixé au mur, défilent le nom des acteurs principaux et bientôt le titre du film, *Ashes of Time*.

En sous-titres : *Les cendres du temps.*

Puis au son du gong – *gong!* – apparaît pour trois secondes : *A film by Wong Kar-wai* en lettres carrées.

Jack a étiré son corps sur le sofa. Sa femme est sortie au théâtre avec ses amies. Un vendredi soir, seul à se détendre l'esprit. Il est cinéphile. Il tire de cette passion bien des avantages. Relaxer. S'instruire. Se divertir. S'émerveiller. Le cinéma permet d'intégrer un univers entier. Entre autres, Jack apprécie les films de sabre.

Les éléments introductifs défilent. Jack se concentre. La projection s'annonce passionnante. L'enfant est obnubilé par les effets de son jeu de combat. La scène est belle. En réalité, touchante. Lyrisme et contentement se côtoient dans le cœur de l'homme. Cet instant de suspension l'inonde d'une rare béatitude.

Observer l'enfant.

L'enfant joue.

Il est bien.
C'est évident.

Daniel anime ses figurines. Ce sont des héros affublés de gros bras et de pieds démesurément grands. Des dragons, des dinosaures, des animaux de la ferme. L'enfant raconte une histoire. Le dragon est perdu. La vache, le cheval et le cochon font le guet à la base du volcan. Les héros musclés préparent un assaut contre le tyrannosaure, car il a emprisonné leur compagnon, le dragon. Tout à coup, les personnages se mettent à tourner et à voler dans les airs. Comme des athlètes de cirque, sur les appareils aériens, lorsqu'ils décollent et exécutent leur voltige au-dessus de la foule. Daniel parle une langue inconnue. Du mandarin ? Du cantonnais ?

Zet Li !

Jou Xun !

Tsui Lark !

Le dinosaure mord l'abdomen du bonhomme rouge et jaune portant un casque de cosmonaute.

Bang Wei !

Les héros mènent un combat de la plus haute importance. Une légende naît avec la chorégraphie. La soirée de Jack se colore par la présence de son enfant. Ses gestes se coordonnent à la musique épique du film.

Et, dans l'action, Daniel émet des paroles et des sons.

On se bat !

Wang Fu ! Song Kyo !

Non, pas ça!

Sur l'écran, les troupes résistent. Les sabres pointent l'adversaire.

— Daniel, est-ce ça se peut voler dans les airs?

— Oui, comme les oiseaux.

L'épopée de Wong Kar-wai est bien entamée. Des hommes portent des armes enflammées. Le cinéma se fait. Agréable vue d'ensemble. Jack aime la composition du récit. La direction photographique demeure irréprochable. Le moment qu'il vit frôle le fantastique. Il ne voudrait pas être ailleurs.

— Il est beau ton volcan.

— Quoi? Ça, le bol?

Jack sourit.

Devant le magique, Daniel sait ce qu'il invente.

Le dinosaure chavire et meurt. Les héros soulèvent le bol et délivrent le dragon. Moment au ralenti. La légende se clôt ici. Daniel embrasse Jack et court jusqu'à son lit.

Jack s'allonge et reprend depuis le début *Les cendres du temps.*

Apostille à *La garçonnière*

Aimer, c'est inclure.

•

MARA (*enfant*) : Maman, pourquoi vous vous êtes séparés, toi et papa ?
LA MÈRE DE MARA : Parce qu'on n'arrive pas à habiter ensemble.

•

HUBERT (*enfant, à sa maîtresse d'école de deuxième année, Péribonka*) : Madame, je vous aime.

•

Ce que Mara n'a jamais dit à personne :

Hubert lui fait penser à Jean-Pierre Ferland, avec son corps de danseur de ballet et ses grandes mains ;

elle est attirée par les hommes manuels ;

les femmes ne la laissent pas indifférente.

•

À Montréal, Hubert a compris qu'il serait écrivain et qu'il sauverait la vie des jeunes pères de famille qui aiment prendre – ou suspendre – des cafés.

•

Liste des amoureux imprévisibles de Mara :

un de ses amis d'enfance à Rouyn-Noranda, ressurgi de nulle part pour une semaine d'oaristys ;

un mécanicien de course automobile (un Américain) ;

un mec avec la bouche de Jacques Brel ;

un homme de deux fois son âge qui, petit, se roulait dans la rosée ;

un Corse pour qui elle a failli tout abandonner pour le suivre dans ses montagnes, dans ses escarpements ;

le même type pour une soirée seulement, à cinq ans d'intervalle – il était marié et, la seconde fois, ne l'avait pas reconnue ;

un fanatique de parachutisme dont, à son deux-cent-huitième saut, le parachute ne s'est pas ouvert.

•

Ce qu'ils se gardent bien d'oublier :

Dans la garçonnière, ils sont couchés sur le lit et discutent. Ils sont rendus loin dans leurs rêveries, échafaudant le scénario d'une vie qu'ils auraient pu avoir ou pourraient avoir s'ils partaient ensemble et louaient toutes les garçonnières sur leur chemin. Ils rechercheraient un lieu, un toit pour eux. Ils s'attendraient à la garçonnière. Ils se donneraient aussi rendez-vous hors de la garçonnière. Ils éviteraient les lieux où l'on pourrait les surprendre ensemble, même si personne ne les connaissait. Après un certain temps au même endroit, ils sortiraient aussi dans quelques lieux où les gens les sauraient ensemble. Ils opteraient pour des lieux, des univers, où c'est la fête.

•

Ce qu'on ignore d'Hubert :

À Prague, Hubert a rejeté Mara. Ce n'était pas par vengeance. Il pensait à sa femme et à ses enfants. Il y avait aussi Maroussia. Il ne s'est jamais pardonné ce geste. Cependant, il ne regrette pas d'avoir, plus jeune, provoqué des hasards.

•

Le hasard est intrinsèque à l'amour.

•

Mara se souvient d'une scène qu'elle avait aimée au *Chef* à Beyrouth. Elle s'en souvient parce qu'elle avait entendu, à la table d'à côté, l'accent de la jeune femme québécoise qui montrait un portrait qu'elle avait fait de son amie libanaise – ça se voyait à ses traits – à l'amie en question. Natalia était le prénom de cette amie, si sa mémoire est bonne. Puis, la jeune femme lui avait tendu *Océan mer*.

•

Liste des choses qu'Hubert ne partage plus :

ses projets d'écriture ;

ses amis ;

les adresses des lieux – des cafés la plupart du temps – où il aime se retrouver seul ;

ses opinions.

•

La lettre de l'Aveu n'est pas une lettre de suicide.

•

Ce qu'ils partagent :

Une immortelle peine d'amour.

L'amour comme un saut en parachute.

Le saut n'est pas comme la chute. Le saut repose sur une décision ; la chute est un état lent, soumis à des variables incontrôlables.

C'est sauter qu'il faut. Le décider ouvertement : sauter ou mourir.

L'amour, c'est le saut.

Savoir qu'on a un sac sur le dos.

La peine d'amour, c'est quand le parachute ne s'ouvre pas. Ça arrive une fois sur cent-mille sauts, un million.

En somme, ce qu'il faut à l'amour, c'est l'équilibre au bord du vide et un élan – amoureux, existentiel.

Pour faire le grand saut.

•

La garçonnière est un cirque suspendu.

HORS-PROPOS

AIMER L'ÉCOLE

AVRIL 2012

Aimer l'école

Aimer l'école, c'est :

Avoir hâte que l'été finisse. J'entends par là aussi la crainte de la fin des classes, en cinquième année quand on apprend que son prétendant déménagera durant les vacances et qu'on ne le reverra plus jamais, ou à la maîtrise quand intellectuellement on vient d'atteindre un nouveau degré de raisonnement. L'avènement de l'été, pour certains, est cause d'angoisse. Les amis s'éloignent. Les parents travaillent. Les journées se creusent, par manque de créativité. *Les jeux dans la forêt n'existent plus* ;

Jouer à l'école la fin de semaine. Déplacer les pupitres. Installer les crayons. Créer une feuille de présences et faire l'appel des noms. Vouloir être le professeur à tout coup et proposer des dictées à qui le veut, surtout à la petite sœur à qui on ne donne pas vraiment le choix. Réprimander. Jouer seule parce que j'étais trop sévère. Écrire au tableau. *Corriger des copies d'examen imaginaires* ;

Faire ses devoirs religieusement. Je me souviens des cartons de vocabulaire de la première année du primaire, l'année cruciale de l'apprentissage de la lecture et de l'écriture. Phénomène intéressant : on apprend à lire en trois mois. On entre en septembre ; à Noël, on lit. J'apportais mes cartons pour m'exercer à la maison, inlassablement. Il y avait, sur chaque carton, une image et un mot simple. *Chaise*, *table*, *lac*, *arbre*. La base. *Porte*, *maison*, *chat*, *bouche*. Les mots fondamentaux. Je faisais mes devoirs à la table de la cuisine, éloignée de toute distraction, surtout de la télévision. En cinquième et sixième année, Réjeanne encourageait ses élèves à intituler chaque travail, à mettre de la couleur et à ornementer les cahiers. Je donnais le meilleur de moi-même. *Crayons de bois et titres de roman* ;

Participer activement à la vie de l'école. Être responsable des berlingots de lait à distribuer à 10h20, après la récréation. Nettoyer le tableau vert le soir parce qu'on n'a pas d'autobus à prendre et parce qu'on aime avoir un contact privilégié avec le professeur, notamment Réjeanne qui m'envoyait démarrer sa voiture les froides journées d'hiver. Une autre tâche reliée au tableau était celle de dépoussiérer les brosses de la craie accumulée sur un engin bruyant sur lequel il fallait faire rouler l'objet sale. D'autres tâches excitantes revenaient aux élèves exemplaires et engagés. Des courses spéciales comme se rendre au bureau de poste pour recueillir le courrier. Et la tâche ultime de sonner la cloche, réservée aux cinquièmes et sixièmes années. Donc, sonner le matin à l'arrivée à 8h20, sonner la récré du matin à

10h05, sonner la fin de la récré à 10h20, sonner pour indiquer l'heure du midi à 11h40, sonner le début des classes d'après-midi à 13 heures tapantes, sonner la récré d'après-midi à 14h10, sonner la fin de la récré à 14h30 et sonner, finalement, le retour à la maison à 15h25. *Sonner des cloches*;

Étudier, assis dans sa case. Quand on étudie dans le fond de sa case, c'est qu'on a envie de réussir ses examens, de graduer, de sauter des années. Seuls ceux qui ont déjà étudié leur matière à la maison durant quelques heures poursuivent l'étude à cet endroit, par peur de tout oublier devant leur copie. L'ultime ultimatum. Apprendre par cœur, tout inscrire dans la mémoire à l'aide d'innombrables trucs mnémotechniques. *Les autres sont au centre social et n'ont peur de rien*;

Vouloir - avoir voulu - pratiquer tous les métiers. Coiffeuse. Serveuse dans un restaurant. Professeur, « comme mon père ». Astronome. Pédiatre. Journaliste international. Critique littéraire. Dramaturge. Traducteur. Céramiste, relieur ou ébéniste. Professeur encore. *Pas tous les métiers, mais presque tous*;

Accumuler les doctorats. Discriminatoire d'écrire « doctorats » ? Aurais-je dû utiliser « diplômes » ? Je préfère « doctorats ». Des doctorats. Plus jeune, au secondaire, je jubilais devant le mot « doctorat » parce que c'était là que je me voyais plus tard précisément, à la plus haute marche de l'échelle. J'emploie ici « doctorats » plutôt que « diplômes » parce que aimer l'école, c'est aussi viser le plus haut, c'est être exigeant, c'est élever le niveau d'apprentissage et de recherche. *Il n'y a pas de mal à aimer l'école* ;

Aimer l'école, c'est tout ça et bien plus encore ;

Aimer l'école, c'est revendiquer. Pour l'amour du savoir ;

Aimer l'école, c'est rêver de sa gratuité dans le meilleur des mondes pour que chacun sache lire et écrire. Pour que chacun puisse l'aimer comme je l'aime ;

Aimer l'école, c'est garantir son accessibilité.

TABLE DES MATIÈRES

AUX ÉDITIONS LA PEUPLADE
DE LA MÊME AUTEURE

Ma guerre sera avec toi, 2006
La garçonnière, 2009

AUX ÉDITIONS LA PEUPLADE

FICTIONS

BOUCHARD, Mylène, *Ma guerre sera avec toi,* 2006
BOUCHARD, Mylène, *La garçonnière,* 2009
BOUCHARD, Mylène, *Ciel mon mari*, 2013
BOUCHARD, Sophie, *Cookie,* 2008
BOUCHARD, Sophie, *Les bouteilles,* 2010
CANTY, Daniel, *Wigrum,* 2011
CARON, Jean-François, *Nos échoueries,* 2010
CARON, Jean-François, *Rose Brouillard, le film,* 2012
DROUIN, Marisol, *Quai 31*, 2011
LAVERDURE, Bertrand, *Bureau universel des copyrights*, 2011
LEBLANC, Suzanne, *La maison à penser de P.*, 2010
TURCOT, Simon Philippe, *Le désordre des beaux jours,* 2007
VERREAULT, Mélissa, *Voyage léger*, 2011
VERREAULT, Mélissa, *Point d'équilibre*, 2012

POÉSIE

ACQUELIN, José, Louise DUPRÉ, Teresa PASCUAL, Vìctor SUNYOL, *Comme si tu avais encore le temps de rêver*, 2012

BERNIER, Mélina, *Amour debout*, 2012

CARON, Jean-François, *Des champs de mandragores*, 2006

DAWSON, Nicholas, *La déposition des chemins*, 2010

DUMAS, Simon, *La chute fut lente interminable puis terminée*, 2008

GAUDET-LABINE, Isabelle, *Mue*, 2011

GILL, Marie-Andrée, *Béante*, 2012

GRAVEL-RENAUD, Geneviève, *Ce qui est là derrière*, 2012

LUSSIER, Alexis, *Les bestiaires*, 2007

NEVEU, Chantal, *mentale,* 2008

NEVEU, Chantal, *coït,* 2010

OUELLET TREMBLAY, Laurance, *Était une bête,* 2010

SAGALANE, Charles, ^{29}*carnet des indes,* 2006

SAGALANE, Charles, ^{68}*cabinet de curiosités,* 2009

SAGALANE, Charles, ^{51}*antichambre de la galerie des peintres,* 2011

TURCOT, François, *miniatures en pays perdu,* 2006

TURCOT, François, *Derrière les forêts,* 2008

TURCOT, François, *Cette maison n'est pas la mienne,* 2009

RÉCIT

LAVOIE, Frédérick, *Allers simples : Aventures journalistiques en Post-Soviétie,* 2012

HORS SÉRIE

CANTY, Daniel, Caroline LONCOL DAIGNEAULT, Chantal NEVEU, Jack STANLEY, *Laboratoire parcellaire*, 2011

DUCHARME, Thierry, *Camera lucida : entretien avec Hugo Latulippe,* 2009

INKEL, Stéphane, *Le paradoxe de l'écrivain : entretien avec Hervé Bouchard,* 2008

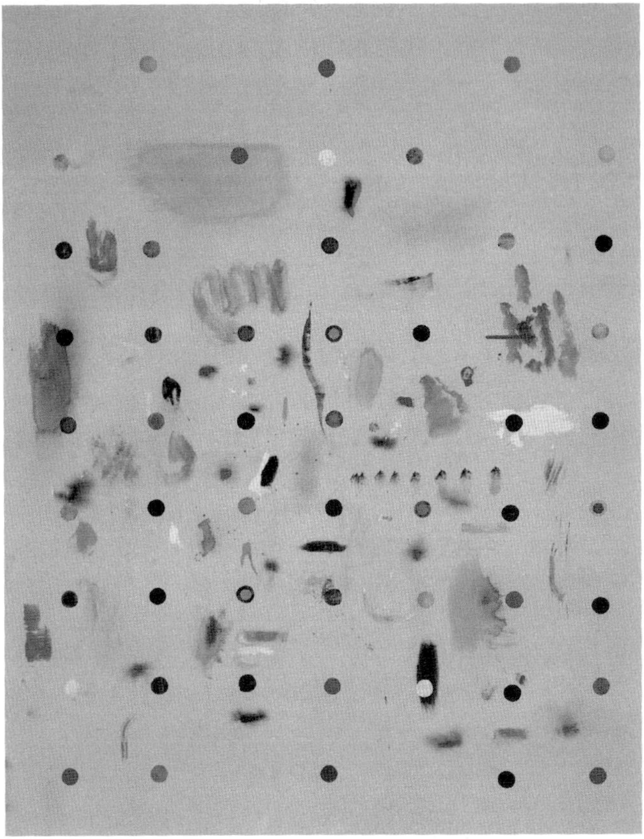

Œuvre en couverture

Incident à la confiserie
Acrylique sur toile, 68 x 52 pouces, 2011
photo © Éliane Excoffier

JEAN-BENOÎT POULIOT

CIEL MON MARI

Ciel mon mari est le trente-sixième titre publié
par La Peuplade, fondée en 2006
par Mylène Bouchard et Simon Philippe Turcot.

Design graphique et mise en livre
Atelier Mille Mille

Révision linguistique
Luba Markovskaia

Correction d'épreuves
Pierrette Tostivint

Ciel mon mari a été mis en page
en Lyon, caractère dessiné par Kai Bernau
en 2009 et en Din Next, caractère dessiné
par Akira Kobayashi en 2009.

Achevé d'imprimer en mars 2013
sur les presses de Marquis Imprimeur
à Montmagny
pour les Éditions La Peuplade.